*Cre*

D0852653

# Linda Joy Singleton

Traduit de l'anglais
par Lynda Leith

Copyright © 2006 Linda Joy Singleton
Titre original anglais : Sword Play
Copyright © 2008 Éditions AdA Inc. pour la traduction française
Cette publication est publiée en accord avec Llewellyn Publications, Woodbury, MN

Éditeur : François Doucet
Traduction : Lynda Leith
Révision linguistique : Féminin Pluriel
Révision : Nancy Coulombe, Suzanne Turcotte
Design et illustration de la page couverture : Lisa Novak
Montage de la page couverture : Matthieu Fortin
Mise en page : Matthieu Fortin, Sébastien Michaud
ISBN Papier 978-2-89667-417-6
ISBN Numérique 978-2-89683-173-9
Première impression : 2008
Dépôt légal : 2008
Bibliothèque et Archives nationales du Québec
Bibliothèque Nationale du Canada

**Éditions AdA Inc.**
1385, boul. Lionel-Boulet
Varennes, Québec, Canada, J3X 1P7
Téléphone : 450-929-0296
Télécopieur : 450-929-0220
**www.ada-inc.com**
**info@ada-inc.com**

**Diffusion**
| | |
|---|---|
| Canada : | Éditions AdA Inc. |
| France : | D.G. Diffusion |
| | Z.I. des Bogues |
| | 31750 Escalquens - France |
| | Téléphone : 05-61-00-09-99 |
| Suisse : | Transat - 23.42.77.40 |
| Belgique : | D.G. Diffusion - 05-61-00-09-99 |

**Imprimé au Canada**

Participation de la SODEC.
Nous reconnaissons l'aide financière du gouvernement du Canada par l'entremise du
Programme d'aide au développement de l'industrie de l'édition (PADIÉ) pour nos activités
d'édition.
Gouvernement du Québec - Programme de crédit d'impôt pour l'édition de livres - Gestion
SODEC.

**Catalogage avant publication de Bibliothèque et Archives nationales du Québec et
Bibliothèque et Archives Canada**

Singleton, Linda Joy

Croiser le fer

(Visions ; 4)
Traduction de: Sword play.
Pour les jeunes de 10 ans et plus.

ISBN 978-2-89565-680-7

I. Leith, Lynda. II. Titre. III. Collection: Singleton, Linda Joy. Visions ; 4.

PZ23.S555Cr 2008          j813'.54          C2008-940851-9

À PF Garrett Loethe,
un collègue ardent amateur de séries de
livres, danseur agile et ami très cher.

Merci également à Paul, mon instructeur
d'escrime au Club d'escrime de Sacramento,
qui a patiemment répondu à mes questions
et m'a enseigné la base de ce sport.

# 1

S'ÉVEILLER ET DÉCOUVRIR UN BEAU GOSSE ASSIS SUR son lit est peut-être un rêve devenu réalité pour certaines filles.

Mais pas pour moi.

Particulièrement quand le gosse en question est mort — et que certaines personnes croient que je l'ai tué.

D'habitude, les fantômes ne me font pas peur. Issue d'une longue lignée de voyantes, j'ai suivi dès mon sevrage le cours intitulé « Initiation aux fantômes, esprits et anges ». J'ai déjà eu des visions de l'avenir et de longues conversations amicales avec ma guide spirituelle. Mais ça, c'était différent. Ça, c'était Kip.

Le voir vivant et réel — six mois après sa mort —, il y avait matière à s'affoler. La terreur me transperça comme une lame acérée.

— Va-t'en ! lui criai-je ; je me cachai ensuite sous mon oreiller, les yeux fermement clos et le cœur battant la chamade.

S'il vous plaît, faites que ce soit un cauchemar. Ouais, ce devait être cela. Je faisais un mauvais rêve, ou bien j'avais une réaction allergique aux analgésiques. Je me souvenais de m'être endormie, soulagée d'avoir quitté l'hôpital et d'être de retour dans mon lit avec édredon. Après avoir survécu à un accident de la route mortel, il était normal de rêver à des collisions de voitures — y compris la tragédie qui me hanterait à jamais. Mais tout cela faisait partie du passé. Enfin, cela ne pouvait *pas* être vrai. Aucune chance que Kip Hurst soit dans ma chambre.

Mais, quand je risquai un coup d'œil, il était là, paré de son maillot de football numéro

17 (ce qui était étrange, car il était mort dans son smoking du bal de fin d'études). L'énergie clignotait autour de lui, rendant son visage anormalement pâle, tandis que ses jambes étaient si transparentes que, lorsqu'il s'est levé, c'était comme s'il flottait au-dessus de mon lit. Un ballon de football se matérialisa dans ses mains et il le fit tourner sur le bout de son doigt, me souriant de cette façon arrogante que j'avais toujours détestée.

— Va-t'en ! lui ordonnai-je une nouvelle fois.

La tête légèrement penchée, il me considérait d'un regard curieux et ironique.

— Pars d'ici !

Il lança le ballon si haut qu'il s'évanouit dans le plafond sombre.

Je regardai fixement vers le haut, attendant — pour ma propre santé mentale — le retour du ballon. De longs moments passèrent dans un silence angoissant ; puis il voltigea lentement vers sa main. Sauf qu'elle avait disparu, car son énergie clignotante perdait de sa force. Sans appui, le ballon se balançait sur son axe dans les airs. Je me pinçai, simplement pour vérifier si, de fait, je ne rêvais pas. Aïe ! Incontestablement, ce n'était pas un rêve.

Les mains de Kip s'étaient peut-être volatilisées et l'on voyait à travers ses jambes, mais son sourire insolent flamboyait comme un million de mégawatts. De toute évidence, il ne partirait *pas*.

Regroupant mes couvertures autour de moi, je me hissai en position assise dans mon lit et fis face au fantôme de mon passé. Kip avait été un joueur étoile de football aux ambitions professionnelles et avait fait un magnifique roi de promotion. À mon ancienne école, Arcadia High, où les sports régnaient et recevaient plus de financement que n'importe quel autre département, Kip était vraiment membre de la famille royale.

Je n'étais pas une admiratrice de Kip. Personnellement, j'étais d'avis que l'engouement pour les sportifs était surfait. Enfin, qu'y a-t-il de si formidable à pulvériser des joueurs sur un terrain de jeu ? Je ne connaissais même pas Kip, sauf de réputation… jusqu'à ce que j'aie LA vision.

Alors, pourquoi était-il ici, de si longs mois après les événements ?

À moins qu'il ne me croie responsable…

J'avalai péniblement ma salive, puis je prononçai avec effort la question que je savais devoir poser.

— Que veux-tu ?

Je pouvais à peine distinguer la main sombre qu'il tendait droit vers moi.

— Moi ?

J'agrippai mes couvertures.

— Mais, ce n'était pas ma faute… J'ai essayé de te prévenir.

Ses lèvres bougèrent, mais aucun son n'en sortit.

— Je ne sais pas ce que tu essaies de dire, mais ta place n'est pas ici. Tu es mort il y a six mois. Tu dois cesser de t'accrocher, et poursuivre ta route.

Il secoua fermement la tête en signe de refus, et c'est à ce moment-là que j'ai réalisé qu'il n'était pas un fantôme. Pas comme quand une personne est décédée, mais qu'elle reste piégée sur terre par peur ou affolement. Il était *déjà* passé de l'Autre côté. Son âme brillait de l'énergie chaude d'un esprit. Il avait beaucoup cheminé, car il avait fait le choix de me rendre visite. Mais, pourquoi se tourner vers moi — la fille qui avait prédit sa mort, mais n'avait pas réussi à l'empêcher ?

— Que puis-je faire pour toi ?

Je parlais doucement.

— Transmettre un message à quelqu'un ?

Il fit signe que non.

— Alors, pourquoi es-tu ici ?

Il cala le ballon de football sous un bras et glissa plus près de moi en un seul grand mouvement. Il ne se déplaçait plus dans la vie à la façon d'un char d'assaut, à prendre plus d'espace que nécessaire et à frimer pour cause d'orgueil démesuré. En mec mort, il était presque humain.

Quand il ouvrit la bouche, je me concentrai sur tous mes sens, particulièrement le sixième, pour écouter.

— Sah… biiiine.

Je frissonnai en entendant le son inquiétant portant l'écho de mon propre prénom.

— J'écoute… Que veux-tu ?

— Aide, murmura-t-il.

— Tu as besoin d'aide ?

— Pas… moi.

— Mais, c'est ce que tu viens de demander.

Il secoua la tête.

— Je ne comprends pas.

Je me mordis la lèvre, déroutée.

— Je ne peux pas t'assister, à moins que tu ne m'en dises davantage. Je ne sais pas pourquoi tu es ici… ce que tu attends de moi.

Encore une fois, il secoua la tête. Il pinça la bouche et je sentis sa frustration.

— Aide… elle.

— Qui ?

S'il répondit, je fus incapable de l'entendre. L'énergie clignota comme une ampoule lors d'un court-circuit, puis il y eut un crépitement, suivi du silence et de l'obscurité sans vie. La seule lumière dans ma chambre provenait de mon mur, où brillait une veilleuse à face de clown.

Kip était parti, pourtant le murmure de ses dernières paroles s'attardait, résonnant dans ma tête.

« Aide… elle, aide… elle… »

Sauf que je n'avais aucune idée de qui était « elle ».

# 2

JE M'ÉVEILLAI D'UN PROFOND SOMMEIL AU SON d'un puissant ronronnement et à la caresse d'un doux pelage contre ma joue.

— Hein ? prononçai-je d'une voix faible. J'entrouvris les paupières, et j'aperçus de la fourrure blanche et des yeux dépareillés, un bleu et un vert, m'observant avec impatience.

Comme je vivais à la campagne, je ne savais jamais ce qui me tirerait du sommeil : le chant d'un coq, le meuglement des vaches, le bêlement des chèvres ou la présence de ma chatte Lilybelle. Quelquefois, je m'éveillais tôt simplement en respirant la merveilleuse odeur des fleurs sauvages et du foin fraîchement coupé qui s'infiltrait par ma fenêtre. Il y avait aussi la pas si merveilleuse odeur du fumier ou celle — fétide — de la moufette.

On aurait pu croire que j'avais maintenant l'habitude des odeurs et des bruits de la campagne, vivant avec ma grand-mère depuis plus de six mois. Toutefois, les souvenirs ont une façon de voyager dans le temps qui fait qu'un moment on est ici, dans le présent, et puis, pouf ! une pensée nous reporte à un autre moment, comme si on était à deux endroits en même temps. Comme deux personnes différentes.

« Si seulement il y avait deux êtres en moi, pensai-je, enlaçant Lilybelle pour la serrer contre moi. L'un de ces deux êtres pourrait rester ici comme je le souhaite, et l'autre pourrait faire ce que ma mère exige. »

D'un seul coup, je fus saisie d'anxiété, et je me sentis aussi nauséeuse que je l'avais été quand maman était venue me voir à l'hôpital et m'avait déclaré que je devais revenir vivre à San Jose.

Mon premier réflexe avait été de m'y opposer : « Pas question ! Es-tu folle ? Quitter Nona et tous mes amis ? Laisse tomber. »

C'était ce que j'aurais voulu dire, mais pas ce qui s'était passé. Les émotions s'entremêlaient en moi. J'avais peur de blesser les gens qui m'étaient chers, et en même temps j'étais reconnaissante de cette minuscule parcelle d'attention de la part de ma mère. Donc, je m'étais contentée d'acquiescer en silence.

Maman croyait me faire une faveur en acceptant chaleureusement le retour de « la fille disgraciée » à la maison. Des larmes avaient même perlé dans ses yeux quand elle m'avait prise dans ses bras pour me dire au revoir, ce qui ne lui ressemblait pas. Je savais qu'elle voulait agir pour le mieux, mais elle ne me comprenait pas du tout. Elle me traitait comme si j'avais six ans — et non seize —, prenant avec moi le ton d'une reine s'adressant à ses sujets plutôt que de discuter *avec* moi. Je n'avais aucun mal à l'imaginer portant une couronne et lisant sa proclamation royale. « Malgré la honte extrême que tu as apportée à ta respectable famille, tu es à présent pardonnée. Tu as subi ta sentence de bannissement, et tu peux maintenant revenir vivre dans notre maison. »

Sauf que je ne souhaitais pas y retourner.

San Jose, ce n'était plus chez moi, à présent. Chez moi, c'était avec Nona, dans sa ferme de quatre hectares à Sheridan Valley. La maison de campagne de ma grand-mère n'était pas spacieuse comme la demeure de trois étages en stuc de mes parents à San Jose, et j'admets qu'elle aurait eu besoin d'un peu de peinture et de nouveaux tapis. Mais cette demeure chaleureuse m'accueillait à portes ouvertes ; les chênes et les pins entourant de près la maison projetaient de l'ombre quand il faisait trop chaud et barraient le chemin aux vents froids pendant les tempêtes. Et je ne voulais pas partir, particulièrement en ce moment.

Des ombres bougèrent sur les murs de ma chambre et, instinctivement, je dirigeai mon regard vers ma guillerette veilleuse-clown pour me rassurer. C'était un cadeau de prompt rétablissement de la part de mon petit ami Josh, offert lorsqu'il m'avait rendu visite à l'hôpital. Il m'avait dit de penser à lui chaque fois que je regarderais le grand sourire du clown, parce que lui-même faisait le bouffon en portant une perruque hirsute et des chaussures flasques quand il présentait des tours de magie pour les enfants malades. C'était le présent parfait, car je collectionnais les veilleuses. J'exposais cette collection de licornes, d'anges, de chats, de dragons et autres dans une boîte en verre. Tous les soirs, je branchais un modèle différent, et le rayon lumineux me protégeait des visiteurs de la nuit.

*Visiteurs de la nuit…*

Ces mots envoyèrent une onde de choc à travers mon corps et me firent frissonner. Un éclair à propos de la nuit dernière me traversa l'esprit… un mauvais rêve ou un souvenir. Rien de précis ; c'était davantage un sentiment de peur logé au creux de mon estomac. Mes bras se couvrirent de chair de poule et j'entendis le murmure d'une voix d'homme me disant de… de quoi ?

Je tentai désespérément de préciser ce vague sentiment. Toutefois, mes pensées ressemblaient à des bouffées de fumée jouant à chat perché dans ma tête. J'étais incapable de rassembler mon souvenir. Quoi qu'il fût arrivé pendant la nuit, cela restait hors d'atteinte. Un cauchemar, décidai-je enfin. Rien d'alarmant — sans compter que j'avais des inquiétudes plus urgentes.

Ma plus grande préoccupation, celle qui me vrillait le cœur, était la santé déclinante de ma grand-mère. Récemment, j'avais découvert que Nona souffrait d'une maladie héréditaire qui lui volait sa mémoire et que, si elle n'était pas traitée, elle plongerait dans le coma et ne s'en réveillerait jamais. Il y avait un remède, mais ma famille en avait perdu la trace depuis plus de cent cinquante ans. Je m'étais mise à la recherche de ce remède (cela nécessitait entre autres de trouver quatre breloques) avec Dominic, homme à tout faire et apprenti employé par ma grand-mère. Nous nous rapprochions de la solution pour découvrir la dernière breloque.

Nous nous étions aussi *rapprochés* d'une autre façon, ce qui était absolument déplacé. Je me détestais, je le détestais aussi ; tout cela devait cesser. J'avais déjà un copain, à la fin ! Josh était formidable — doux, honnête et avec un bon sens de l'humour. Dominic était aussi différent de lui que le jour de la nuit. Plus rude que doux et rempli de secrets pénibles que je commençais à peine à découvrir. Il n'était tellement *pas* mon type. Pourtant, penser à lui me causait un fol émoi — des palpitations, des bouffées de chaleur et de la nausée — comme si j'étais sur le point d'avoir la grippe.

Une autre source d'inquiétudes…

Lilybelle miaula et frappa mon bras de sa queue. Sa façon de dire : « Je veux déjeuner. *Tout de suite.* »

— Message reçu, dis-je en souriant.

Toutefois, mon sourire se mua en grimace de douleur lorsque je repoussai les couvertures au-dessus de mon corps endolori. Je baissai les yeux d'un air piteux vers le bandage sur ma cuisse gauche et les ecchymoses jaune-violet sur mes bras. Hésitante, je passai mes doigts sur la bande de tissu, rappels amers de mon accident. Dominic me ramenait de la gare routière quand il avait fait faire un écart à son pick-up afin d'éviter une collision avec une vache rebelle. Il avait sauvé l'animal, mais son véhicule était bon pour la casse, et lui-même avait subi quelques coupures mineures. Mes blessures étaient bien plus graves, me rapprochant trop près des portes de la mort. J'avais de la chance d'être toujours en vie.

Lilybelle miaula de nouveau, puis sauta gracieusement en bas de mon lit.

— Bouger, c'est facile, pour toi, grognai-je alors que je déposais avec précaution ma jambe bandée sur le sol. Tu ne t'es pas presque fait transformer en lait en poudre par une vache.

Ma chatte stoppa près de la porte et remua la queue impatiemment ; de toute évidence, elle n'était pas du tout impressionnée par mon jeu de mots ni compatissante pour mes blessures. La nourriture était sa seule préoccupation et, maintenant que j'y pensais, elle n'avait pas tort. Un coup d'œil à ma montre-lune en argent me fit sursauter. J'étais sérieusement en retard. Je devrais prendre mon petit-déjeuner à la hâte ou risquer de recevoir un billet de retard pour mon premier jour de retour à l'école.

Lentement, je traversai ma chambre, clopin-clopant. Les médicaments soulageaient la douleur, mais ils m'affaiblissaient et me tournaient la tête. Si je n'étais pas à ce point écœurée d'être clouée au lit, j'aurais pu retarder mon retour en classe. Cependant, ma période de repos à l'hôpital me suffirait pendant plusieurs décennies. De plus, rester seule me laissait trop de temps pour penser et pour m'inquiéter encore davantage. Je préférais faire des trucs ordinaires, comme m'habiller et traîner avec mes amis. Je ferais tout pour éviter d'assumer les conséquences de ma dernière conversation avec maman. J'avais gardé le secret sur ce qu'elle m'avait dit, appréhendant la chose affreuse que je devais faire. Mais je ne pouvais plus la retarder.

Je devais annoncer la mauvaise nouvelle à Nona.

Je déménageais.

*Vendredi.*

## 3

EN FAIRE PART À NONA S'AVÉRA FACILE. JE DÉCOUVRIS qu'elle s'était fait du souci en pensant devoir me l'apprendre. J'aurais dû me douter que ma mère lui aurait déjà parlé. Nona me dit qu'elle était triste de me perdre, mais qu'elle comprenait que ma place était au sein de ma famille.

— C'est toi, ma famille, lui déclarai-je.

En larmes, elle me serra dans ses bras et m'assura que je serais toujours la bienvenue ici.

Malheureusement, l'annoncer à mes copains ne fut pas aussi facile.

Ma meilleure amie, Penelope Lovell (surnommée Penny-Love) paniqua totalement. Habituellement, nous marchions jusqu'à l'école, mais aujourd'hui elle avait emprunté la vieille voiture familiale de son frère pour me faciliter le retour pour la première journée. Sa couleur du jour était or : ombre à paupières dorée, boucles d'oreilles en cotte de mailles en or, blouse en lycra dorée avec un jean à taille basse.

— NON ! Tu ne peux pas me faire ça !

Penny-Love frappa le volant avec la paume. Ses joues parsemées de taches de rousseur étaient aussi enflammées que ses cheveux roux.

Je fus presque prise de fou rire en constatant qu'il n'était question que de sa personne. Elle ressemblait en tout point à une diva, et, d'une certaine façon, cela la rendait plus précieuse à mes yeux. Être avec elle était toujours tellement amusant. À l'école, elle était comme la reine-abeille, systématiquement au fait de ce qui faisait courir sa colonie, même parfois avant les événements. À mon arrivée à Arcadia High, j'étais hésitante et nerveuse dans le rôle de la petite nouvelle, et elle m'avait généreusement accueillie et intégrée dans son cercle d'amis. Le courant passa entre nous, et instantanément nous nous sommes liées. En tant que meilleure amie de Penny-Love, j'observais de près le sommet de la popularité sans risque personnel.

Mais plus pour longtemps...

Morose, je fixais à travers la vitre les maisons de campagne et les champs herbeux dans lesquels s'élevaient des branches de chêne lobé sur fond de ciel gris-bleu. Pas de gratte-ciel ni d'appartements urbains surpeuplés. J'avais grandi et pris mon envol ici, sans les contraintes dues aux attentes d'un monde en béton. Cela allait tellement me manquer.

— Je t'interdis de partir, m'ordonnait Penny-Love. C'est totalement inacceptable.

— Dis cela à ma mère.

— Peut-être que je le ferai.

— Non ! Je secouai la tête fermement. Crois-moi, ça ne servirait à rien. Mon père est avocat ; pourtant, même lui ne gagne pas un débat avec maman.

Penny-Love ralentit à une intersection où des enfants se hâtaient de traverser un passage clouté.

— Mais, te forcer à partir, c'est mal. Tu manqueras tout. Et la fête d'Halloween de ta grand-mère ? C'est vendredi soir.

— J'en ai déjà parlé avec Nona. Elle voulait changer la date afin que je puisse y assister, mais je ne l'ai pas laissé faire. Pourquoi gâcher le plaisir de tous les autres ?

— Allô ! Et ton plaisir à *toi* ?

Elle mit sa main en cornet autour de son oreille, comme si elle n'arrivait pas à croire ce qu'elle entendait.

— Cette fête est pour toi aussi. Tu dois y être.

— Je ne peux rien y faire. La fête se déroulera comme prévu, et je m'attends à ce que tu me racontes tout ensuite. Je me sens mieux en sachant que tu seras là pour aider Nona.

— L'assister, c'est mon travail officiel, à présent. Je vais commencer à travailler comme assistante pour Fusion des âmes sœurs. Que penses-tu de mon titre professionnel : docteure adjointe de l'amour ?

— Penny-Love, docteure adjointe de l'amour. Je souris. Parfait.

— Je pense à me faire fabriquer un porte-nom. Ça aura l'air très cool, tu ne crois pas ?

— Sans aucun doute. Tu as les affaires de cœur dans le sang.

— Merci, Sabine. Tu vois, c'est une autre raison pour laquelle tu ne peux pas partir. Personne ne me comprend comme toi, et tu as un réel talent pour écouter. Je n'ai pas le temps de former une nouvelle meilleure amie. Il doit y avoir une façon de te garder ici.

Elle continua à me harceler ainsi jusqu'à ce que nous soyons à l'école. Ce fut un soulagement lorsqu'elle remarqua quelques copains qui lui firent signe de venir les rejoindre et que je restai livrée à moi-même. Sauf que je ne fus pas seule longtemps. À mon casier, je trouvai Josh. Nous avions l'habitude de nous y rencontrer avant le début des cours ; une autre chose qui me manquerait quand je déménagerais.

Il semblait si heureux de me voir que je ressentis une pointe de culpabilité. Avant qu'il ait pu prononcer une parole, je pris une profonde respiration, puis je lâchai tout en vrac ; la façon dont ma mère me contraignait à partir, même si je préférais rester ici et que j'étais très malheureuse. Quand j'eus terminé mes explications, je me préparai à affronter sa réaction.

Mais Josh se contenta de froncer les sourcils.

— Bien, dis quelque chose, lui demandai-je. Es-tu en colère contre moi ?

— Pas du tout. Ce n'est pas ta faute.

— J'aurais pu m'y opposer et dire à ma mère de laisser tomber.

— Tu es trop gentille pour te montrer irrespectueuse envers ta mère.

« Trop effrayée », pensai-je.

— Tu as fait la bonne chose, Sabine. J'admire vraiment cela. La plupart des enfants ne songent qu'à eux et rejettent leurs parents du revers de la main. Toi, tu écoutes et tu fais ce qu'ils souhaitent.

— Ce n'est pas ce que je veux.

— Moi non plus. Il me prit la main, son doux contact me réchauffant de l'intérieur. Toutefois, tu ne peux pas reprocher à tes parents de désirer ton retour.

Il avait l'air si attirant ; être debout devant mon casier dans le couloir me rappela la journée où nous nous étions rencontrés. J'avais eu en secret des visées sur lui pendant des semaines sans avoir même eu le courage de lui dire bonjour. Cependant, après avoir eu une vision d'avertissement d'un danger, j'avais pu le tirer d'un accident étrange survenu dans

l'atelier de mécanique automobile. Sa grati-
tude s'était épanouie en un autre sentiment et,
sept jours plus tard, nous formions officiel-
lement un couple. Quelle chance pour moi !
Être la copine de Josh était agréable et sécuri-
sant. Il ne croyait rien qui sortait de l'ordinaire,
ce qui représentait une bonne contrepartie à
mon propre côté bizarre.

— Ça ira, Sabine. Josh se pencha plus près
et déposa un léger baiser sur mon front. Partir,
ce n'est pas tragique.

— Mais, je serai à plus de cent cinquante
kilomètres.

— Ce n'est vraiment pas si loin — seulement à deux heures de voiture.

— Je n'ai pas de voiture.

— Moi, j'en ai une ; et je te rendrai visite
tous les week-ends.

— N'as-tu pas une réunion de magiciens ce
samedi ?

— Ouais ; mais ça n'a lieu que le soir. Je
viendrai le matin.

— Et te priver du plaisir d'une grasse
matinée ? lui dis-je pour le taquiner.

Josh n'était *pas* quelqu'un de matinal.

— Hé, c'est un sacrifice que je suis prêt à
faire pour toi. Alors, cesse d'avoir l'air si
inquiet. La distance ne changera rien du tout.

J'étais soulagée que Josh ne soit pas contrarié… et en même temps cela me décevait. Pourquoi était-il si calme et compréhensif ? Ne pouvait-il pas se plaindre juste un peu ?

Au moment de la pause du midi, la rumeur de mon départ s'était répandue dans toute l'école (probablement par l'entremise de Penny-Love) et, pendant que j'étais assise à ma table habituelle avec les pom-pom girls, certains jeunes que je connaissais et d'autres que je ne connaissais pas vinrent me voir. La plupart prenaient un ton encourageant et me disaient des choses comme : « Tu auras plus de plaisir dans une grande ville » ou « Tu te feras de nouveaux amis ».

Plutôt que de me rassurer, cela fit monter ma peur. Je ne voulais pas de nouveaux amis, et je ne souhaitais pas du tout penser à mes anciens copains. Ceux que j'avais laissés derrière moi quand je m'étais enfuie six mois auparavant. Comment pourrais-je revenir à cette vie ? Et quelle école allais-je fréquenter ? Arcadia High était exclue. Ma mère ne pouvait pas s'attendre à ce que j'y retourne — après en avoir été renvoyée. Il était plus probable qu'elle m'inscrirait dans un établissement privé. Un endroit quelconque avec des règles assommantes et des uniformes de mauvais goût.

Pitié ; tuez-moi d'un seul coup : ça vaudra mieux !

Les murs se refermaient sur moi, et j'avais l'impression de ne plus pouvoir respirer. J'inventai une excuse boiteuse à propos d'une chose que je devais récupérer dans mon casier, et je sautai sur mes pieds et partis sans demander mon reste vers le laboratoire d'informatique, où l'on pouvait toujours trouver Manny DeVries travaillant à la prochaine édition du journal de l'école, l'*Écho de Sheridan*.

Au lieu d'arborer son sourire habituel, Manny me regarda d'un air menaçant et demanda :

— Est-ce vrai ?

— Donc, tu en as déjà entendu parler. D'un air las, je me laissai choir sur une chaise à côté de son poste informatique. Les mauvaises nouvelles vont vite.

— Je ne ferai pas semblant d'être d'accord, parce que ce n'est pas le cas. Comment une personne intelligente comme toi peut-elle faire quelque chose d'aussi stupide ?

Avec un soupir douloureux, je lui expliquai le verdict de ma mère.

Lorsque j'eus terminé, Manny plissa ses yeux sombres, ce qui lui fit ressembler à un pirate punk, avec des dreadlocks rassemblées en queue de cheval et un anneau d'or dans le sourcil.

— Des mesures radicales sont requises. Ne me force pas à te kidnapper.

— Tu n'as droit qu'à un seul kidnapping. Tu as utilisé ton quota la semaine dernière, quand toi et Thorn m'avez mise en état d'arrestation dans ma maison.

— Moment historique, déclara-t-il avec fierté. En parlant de Thorn, lui as-tu annoncé la nouvelle ?

Je me mordis la lèvre et fis signe que non. Elle et moi avions une amitié suffisamment épineuse. C'était une gothique à l'attitude marginale, costumée de noir et portant des chaînes, alors que, moi, je fréquentais les pom-pom girls. Quand Manny nous avait présentées, nous nous étions détestées d'emblée. Cependant, quand j'avais découvert les dons psychiques de Thorn — la psychométrie —, j'avais été intriguée. Nous avions appris à nous connaître au cours d'une excursion en voiture, et nous avions appris à nous respecter mutuellement. Malgré tout, Thorn s'emportait facilement et était d'humeur imprévisible, et je n'avais aucune idée de la façon dont elle réagirait à mon départ. Peut-être lui enverrais-je un courriel ou lui écrirais-je une lettre.

Manny me regarda sévèrement, comme s'il lisait dans mes pensées.

— Sérieusement, Binnie, ajouta-t-il, ton départ est une mauvaise solution pour tout le monde. Le journal a besoin de toi.

— Tu trouveras une autre réviseuse.

— Mais personne avec tes talents *spéciaux*.

Je souris tristement. Il avait peut-être la réputation d'être joueur, mais il avait été un véritable ami pour moi. Il gardait mes secrets et, en retour, je contribuais à la chronique de Manny le voyant en lui fournissant d'authentiques prédictions. Je prédisais les couples en devenir, les peines de cœur et ce que ferait un élève dans la vie dans dix ans. Les lecteurs de Manny étaient impressionnés par son étonnante exactitude.

— Tu as des talents spéciaux également, lui fis-je remarquer. Tu nous as aidés, Dominic et moi, à trouver des informations sur mes ancêtres et sur les breloques manquantes. Tu es un enquêteur remarquable.

— Laisse-toi aller, continue. Je me nourris de compliments.

— Fais attention, ta tête enfle.

— C'est tout ?

Il me regarda avec un sourire malicieux.

— Tu es un mauvais garçon.

— Reste ici, et je te montrerai à quel point c'est vrai.

— Garde ça pour tes petites amies.

— Tellement de filles, un seul Manny, blagua-t-il.

— Prétentieux !

Je le frappai mollement sur le bras.

— Je dis simplement les choses comme elles sont. Certains gars ont ce qu'il faut, et d'autres l'ont en plus grande quantité.

— C'est plus que ce que j'ai besoin de savoir.

Je lui fis un sourire aigre-doux en pensant comme nos boutades allaient me manquer

— De toute façon, ne t'inquiète pas pour les prédictions de ta chronique. Je vais te les envoyer par courriel de San Jose.

— Merci, mais ce ne sera pas la même chose. Il prit un air sérieux. Retourneras-tu à ton ancienne école ?

— Non ! lui rétorquai-je un peu trop sèchement. Je ne pourrais jamais, après tous les mensonges et les accusations. J'aimerais mieux mourir.

Quand je prononçai le mot « mourir », je fus parcourue d'un frisson. Je m'agrippai fortement à ma chaise, prise de vertige. Les ampoules clignotaient dans la salle de classe, les lumières vives tournoyaient et formaient des images confuses. Des affiches voltigeaient comme des oiseaux en vol, et les murs blancs miroitaient telle une tempête de sable argenté.

J'oscillais d'avant en arrière en craignant de perdre connaissance. Pour reprendre mes esprits, je concentrai mon regard sur le sol. Sauf que les carreaux tourbillonnèrent, transformant le carrelage d'un gris morne en bois doré poli. Le laboratoire d'informatique avait disparu, remplacé par une caverne argentée. Et Manny s'était volatilisé.

Mais je n'étais pas seule. Des silhouettes fantomatiques vêtues de blanc glissaient autour de moi sur le sol couleur de miel, se déplaçant avec des mouvements rapides, comme les pièces vivantes d'un jeu d'échecs. Elles n'avaient pas de visage, seulement un masque gris et flou. En tournant adroitement, elles se groupèrent par deux et commencèrent à se battre entre elles, donnant des coups violents à l'aide de bras en forme de lame et de doigts ressemblant à des griffes acérées. Elles m'ignoraient, à l'exception d'une seule. Une silhouette solitaire glissa dans ma direction, lentement, avec une détermination à donner froid dans le dos, ses griffes argentées et scintillantes étirées devant elle. Paralysée, incapable de bouger, je les regardais avec terreur approcher, menaçantes comme des couteaux, de plus en plus près…

— Sabine… Binnie !

Manny fit claquer ses doigts devant mon visage.

— Hein ?

Je réintégrai brutalement la réalité ; le bourdonnement des ordinateurs, au-dessus de ma tête, les lumières éclatantes, et les affiches sur les murs blancs et délavés.

— Tu es tellement pâle, dit Manny en se penchant plus près pour m'étudier. Vient-il de se passer quelque chose ? Était-ce une vision ?

— Ouais… je crois bien.

Je serrai mes mains sur mes cuisses pour les empêcher de trembler.

— Raconte-moi, insista-t-il.

Je le fis donc. Quand j'eus terminé, il me fixait avec inquiétude et curiosité.

— Des couteaux, des silhouettes vêtues de blanc, un jeu d'échecs ? As-tu une idée de ce que cela signifie ? m'interrogea-t-il.

— Non. Je secouai la tête au ralenti. Mais, il pourrait s'agir d'un avertissement.

— Un avertissement pour qui ?

— Je ne sais pas, mais j'ai un mauvais pressentiment. Je frissonnai. Si je ne le découvre pas, il se passera quelque chose d'horrible.

# 4

MA VALISE ÉTAIT PLEINE À CRAQUER ; UN T-SHIRT rouge pendait à l'extérieur, semblable à un signal de détresse. Je l'insérai à l'intérieur et poussai avec force sur le couvercle, puis attrapai la tirette de la fermeture à glissière métallique. Ziiiip ! Un bruit tellement définitif que mon cœur en fut presque brisé.

Bientôt, ma mère arriverait pour m'emmener loin d'ici.

Mon regard s'égara vers la fenêtre — un paysage que j'adorais — et je songeai que les cimes des arbres semblaient loin de moi. Je n'étais pas encore partie, pourtant j'avais déjà le mal du pays. J'avais l'impression d'être déchirée en deux ; mon corps déménageait à San Jose, tandis que mon cœur restait à Sheridan Valley.

Le sol trembla quand je soulevai ma volumineuse valise de sur mon lit. Une carte qui était appuyée sur ma commode voltigea sur le tapis. Je souris tristement à l'image, créée à l'ordinateur par Penny-Love, d'une pom-pom girl à la chevelure rousse balançant ses pompons en effectuant le grand écart dans les airs et portant la légende : « Donne-moi un B-O-N-R-E-T-O-U-R ! »

— Rien de bon à propos de ce retour, grommelai-je.

*N'oublie pas qu'à quelque chose malheur est bon*, tonna une voix de femme dans ma tête.

— Opal ?

Je fermai les paupières pour assurer une connexion plus nette avec ma guide spirituelle, et j'eus une vague impression d'elle, les cheveux relevés, la peau mordorée sans signe de vieillesse et les yeux sombres, analytiques.

*Ton attitude me cause une déception considérable. As-tu fini de te complaire dans tout cet apitoiement ?*

— J'aimerais mieux me complaire à la fête d'Halloween de Nona. Je vais manquer tous les plaisirs de la soirée. J'ai le droit d'être malheureuse.

*Franchement, ma fille, tu as dépassé l'arrivée du marathon de l'autocomplaisance d'au moins un kilomètre. Laisse tomber l'énergie négative et concentre-toi sur l'énergie positive.*

— Ma vie n'est pas du tout positive, rétorquai-je, les couleurs se cristallisant pour prendre forme jusqu'à ce que je voie Opal, l'air royal dans un ample caftan ivoire serti de bijoux.

*Ta vision mélancolique est tout à fait déplacée et inutile. Ce qui semble être une nuit sombre n'est pas dénué de lumière.*

— Comment peux-tu dire cela ? Tout va de travers. Je suis forcée de quitter ma grand-mère malade, le petit ami le plus parfait que j'aurai jamais et des copains formidables. Ils sont tous compréhensifs à donner la nausée, sauf Thorn. Elle le prend pour elle et refuse de me parler.

*Les émotions sont délicieusement compliquées, n'est-ce pas ? Plutôt que de mettre l'accent sur les aspects négatifs de ta vie, je suggère que tu évalues ses côtés positifs.*

— Il n'y en a pas.

*Au contraire, tu bénéficies d'innombrables avantages qui restent totalement dans le noir. Je te défie de trouver trois choses positives à propos de ce déménagement imminent.*

— Trois ? Tu pourrais aussi bien en demander un million.

*Sa… bine !*

La désapprobation et un avertissement perçaient dans sa voix.

— Bon, d'accord, je vais essayer. Je me laissai tomber sur mon lit et pensai sérieusement. Je suppose que c'est positif d'avoir la possibilité de voir mes sœurs davantage. Amy n'arrête pas de m'envoyer des courriels pour me dire tout ce qu'elle souhaite faire avec moi. Ashley elle-même semblait excitée lors de son dernier appel téléphonique. Je suis contente d'avoir l'occasion de célébrer Halloween avec elle. C'est depuis toujours notre fête favorite, et nous avons nos traditions particulières, comme faire du maïs soufflé au caramel et regarder de vieux films d'épouvante en noir et blanc. Les jumelles grandissent tellement vite, et je crois que nous avons besoin les unes des autres.

*C'est une excellente observation, et elle est plus vraie que tu ne le penses. Elles ne seront pas les seules à bénéficier de ton déménagement. Quoi d'autre ?*

— La température est plus agréable à San Jose.

*Je suis convaincue que tu peux trouver mieux. N'éprouves-tu aucun sentiment pour tes parents ?*

— J'imagine que ce sera agréable de voir papa plus souvent. Toutefois, Amy m'a dit qu'il travaillait tellement qu'il était rarement à la maison.

*Qu'en est-il de ta mère ?*

— Oh. Elle. Elle gâche ma vie.

*Ta vie est loin d'être gâchée. Au contraire, tu es comme un soleil dans ton univers et tu répands une forte influence sur ceux qui t'entourent. Alors, écoute avec ton cœur. Pour progresser, tu dois boucler la boucle et panser de vieilles blessures.*

— Hein ? Je gémis. En français, je t'en prie.

*Certains moments semblent perdus à jamais, alors qu'en réalité ce sont des signes du destin attendant d'être dévoilés. Tu as l'occasion de réparer une injustice et beaucoup des choses seront découvertes pendant ce parcours.*

Je secouai la tête, les idées encore plus embrouillées par l'incompréhension.

— Est-ce que cela a quelque chose à voir avec ma vision de silhouettes en blanc, munies de doigts comme des couteaux ?

*Les brefs aperçus de l'avenir constituent une armure de protection qui te prépare à la bataille.*

— Mais, je ne veux combattre personne. Ne peux-tu pas simplement me dire ce qui se passe afin que je puisse régler la situation maintenant ?

*Tes rêves peuvent t'apporter des réponses.*

— Mes rêves ? répétai-je, complètement contrariée. Je les déteste ! Depuis l'accident, je dors mal et je n'arrive même pas à me les rappeler.

*La conséquence du refus de faire face au messager.*

— Quel messager ?

*L'esprit qui te visite la nuit. Sois rassurée : tu n'as rien à craindre de lui, car il recherche seulement ton aide.*

— Un visiteur dans la nuit ? Cherchant de l'aide ?

Les souvenirs affluèrent d'un coup, et tout me revint. Le rêve qui n'en était pas du tout un, mais la visite d'un esprit dans son maillot de football numéro 17. Kip Hurst ! « Aide...

elle », voilà ce qu'il m'avait demandé. Cependant, c'est tout ce dont je me souvenais.

Pourquoi Kip était-il venu me voir de toute façon ? Je devrais être la dernière personne qu'il contacterait. Je n'avais pas été en mesure de le sauver, et il était mort. Comment pouvait-il s'attendre à ce que je porte secours à quelqu'un d'autre ? Particulièrement quand il ne m'avait pas dit qui avait besoin d'aide.

Cette fille inconnue était-elle une étrangère ? Ou quelqu'un que je connaissais déjà ?

# 5

MA MÈRE ÉTAIT EN RETARD.

Je regardais sans cesse par la fenêtre du salon, usant le tapis sous mes pieds, et ma nervosité s'accroissait à mesure que les secondes s'écoulaient. J'allai jusqu'à sortir pour scruter la route au bout de notre longue allée de garage, mais ne vis aucun signe de la voiture.

Je m'apprêtai à retourner dans la maison quand j'entendis quelqu'un crier :

— Sabine ! Attends !

En me retournant sur les marches de la véranda, je vis Dominic se précipiter vers moi. Ses cheveux châtains volaient autour de son visage bronzé, et je me surpris à penser qu'il avait une très belle allure dans son jean délavé. Mon cœur déloyal augmenta sa cadence.

— Salut, dis-je, un peu timidement.

— Bien. Tu es encore ici.

Il fourra les mains dans ses poches et me fit face, le visage inexpressif. Le garçon étant peu loquace, il était impossible de deviner ce à quoi il pensait, même si je ne pouvais pas m'empêcher de me le demander.

— Maman est en retard, et ça ne lui ressemble pas ; je devrais lui téléphoner sur son portable pour connaître l'heure de son arrivée ou pour savoir si quelque chose ne va pas.

J'avais cette habitude idiote de babiller quand j'étais nerveuse. Et, avec Dominic, j'étais toujours nerveuse.

— Coincée dans la circulation, émit-il comme opinion.

— Ce doit être cela. Je suis certaine qu'elle sera là bientôt. Ce n'est pas que je sois pressée. Elle annulera peut-être et, en conséquence, je pourrai retarder mon départ d'une journée. Dans ce cas, je serai ici pour célébrer Halloween à la fête de Nona.

— Nona voulait la devancer pour toi.

— Je sais, mais je ne l'ai pas laissé faire. Beaucoup de ses clients et de ses amis ont répondu pour confirmer leur présence. Tout le monde profitera d'une merveilleuse fête, ajoutai-je tristement.

— Pas tout le monde.

Je me demandai s'il parlait de lui. Il me contemplait de façon tellement étrange, j'avais peur de dire quoi que ce soit ; il valait mieux que certains mots ne soient pas prononcés entre nous. Je continuai donc à babiller.

— J'ai essayé de convaincre maman de retarder mon déménagement, mais elle a insisté parce que, selon ses dires, ce matin était la seule période libre qu'elle avait dans son horaire pour venir me chercher.

— J'aurais pu t'y conduire si j'avais encore mon pick-up.

— Ton pauvre pick-up. Je suis tellement désolée.

Je grimaçai. Sans moi, Dominic n'aurait pas pris le volant, ce soir-là. Et maintenant, son véhicule était démoli.

— Pas ta faute. Je n'aurais pas dû m'écarter de la route.

— Et percuter la vache ? Pas question ! Ton geste nous a probablement sauvés tous les deux, et la vache en prime.

Il sourit d'un air piteux.

— Peut-être.

Nous restions debout, et la façon dont il me regardait m'intimidait. Je n'avais pas bien dormi et je savais que j'avais l'air affreux. J'aurais dû me maquiller légèrement ou coiffer mes cheveux sur le côté pour dissimuler la méchante ecchymose sur ma joue.

— Je… Je devrais rentrer pour téléphoner à maman…

Je m'apprêtai à partir, mais il tendit sa main vers la mienne. Quand ses doigts touchèrent ma peau, une onde de choc me traversa. Je me sentais tout à la fois faible, envahie de chaleur et effrayée.

— Attends, murmura-t-il. Je dois te dire quelque chose.

— Quoi ?

Nos regards se rencontrèrent, m'empêchant presque de réfléchir. Je voulais lui demander tellement de choses. Par exemple, pourquoi me regardait-il de cette façon, et ces baisers que nous avions partagés, étaient-ils accidentels ou avaient-ils une quelconque signification ?

Il commença à répondre, mais un oiseau cria au-dessus de nous, et nous sursautâmes tous les deux. Le charme qui nous avait unis était maintenant rompu. Il leva les yeux au ciel, et je suivis son regard vers l'endroit où l'ombre d'un faucon tournoyait.

— Est-ce que c'est Dagger ?

Je m'écartai de Dominic.

— Mouais. Il hocha la tête. Il chasse son petit-déjeuner.

— Des souris et des serpents. Je fis une vilaine grimace. Pouah !

— Pas pour Dagger. Il adore la viande fraîche.

— Est-ce qu'il te l'a dit ?

— Il me dit beaucoup de choses, répondit Dominic mystérieusement.

Il avait ce don déconcertant de comprendre les animaux ; ils se faisaient mutuellement confiance. Dominic ne semblait pas avoir besoin des gens, pourtant je sentais qu'il s'intéressait à moi. Et je me demandais ce qu'il avait été sur le point de me dire, juste avant. Qu'il ne voulait pas que je parte ? S'en souciait-il seulement ? Non que j'ai envie de savoir s'il en avait envie… ou bien si ?

Pourquoi me faisait-il perdre la tête ? Accroître la distance entre nous, c'était une bonne idée. Je devrais ajouter cela à ma liste de « choses positives à propos du déménagement » suggérée par Opal.

— Je devrais rentrer, lui dis-je.

— Pas encore.

Il retira une enveloppe de sa poche. Ses doigts rugueux frôlèrent ma peau lorsqu'il la déposa dans ma main.

— Pour toi.

— Moi ?

Je prononçai ce mot d'une voix haletante. M'avait-il écrit un message personnel ? Comme une lettre d'amour ?

— Tu n'avais pas à…

— Ouvre-la.

Je passai l'ongle de mon pouce sous le rabat ; ma main tremblait légèrement quand j'en sortis une petite feuille de papier. Je ne reconnus ni le nom ni l'adresse au Nevada inscrits dessus, mais j'en vis les possibilités.

— Est-ce que c'est ce que je pense ? m'exclamai-je.

— Ça dépend de ce à quoi tu penses.

— L'endroit où se trouve la quatrième breloque manquante ?

Les coins de sa bouche se relevèrent en un sourire.

— Pas manquante pour longtemps.

— Oh, mon Dieu ! C'est comme un miracle !

— Tu es contente ?

— Plus que contente. C'est tellement incroyable ! Quand Manny l'apprendra, il voudra se rendre au Nevada tout de suite.

— Je dois d'abord valider certains détails.

— Bien sûr. Je n'arrive pas à croire que nous sommes si près d'avoir les quatre breloques ! Comment l'as-tu trouvée ? Raconte-moi tout !

— Pas grand-chose à dire. J'ai vérifié les dossiers du bijoutier qui a découvert la troisième breloque et j'ai suivi la piste jusqu'à tes ancêtres.

Mes doigts tremblaient en tenant le papier. Pas une lettre d'amour (j'aurais d'ailleurs été incapable d'y faire face, de toute façon), mais des renseignements qui m'allaient droit au cœur.

— Comment as-tu obtenu cette adresse, en fin de compte ?

— Dans un vieil annuaire téléphonique. Sauf que les informations pourraient être périmées ; je dois donc donner quelques coups de fil supplémentaires.

— Je me demande quel aspect aura la quatrième breloque.

— Nous le saurons bientôt.

Je le couvai du regard, remplie de reconnaissance et de bien d'autres choses encore. En ce moment, nous avions un chat, une maison et un poisson. Une fois que nous aurions trouvé la quatrième breloque, nous aurions toutes les pièces du casse-tête. Toutefois, ces vieux indices suffiraient-ils à nous révéler l'emplacement secret du livre de remèdes disparu ? Un bouquin pouvait-il être intact après plus de cent ans ? Il devait l'être. C'était l'unique espoir pour Nona.

— Tu fronces les sourcils, me dit doucement Dominic.

— Je suis simplement inquiète pour Nona. Et comme je dois partir, je ne serai pas là pour elle.

— Moi, je le serai.

— Mais pour combien de temps ? Tu trouveras un meilleur emploi quand tu auras appris à pratiquer le métier de cordonnier pour les chevaux.

— Maréchal-ferrant, me corrigea-t-il.

— Peu importe. Tu es trop intelligent pour te contenter de faire le travail d'un homme à tout faire, et tu poursuivras ta route.

— Pas avant que Nona aille mieux. Promis.

Son ton était si sincère que mon cœur me faisait mal. Fixer ses yeux bleus était comme de plonger dans un océan insondable. Je pouvais à peine réfléchir et j'en oubliais de respirer. Je m'enfonçais dans son regard de plus en plus profondément...

Souviens-toi de Josh, me rappelai-je. Le loyal et doux Josh ne te tromperait jamais, jamais. Ton amoureux.

Le bon sens me revint, accompagné de la honte et de la culpabilité.

Il y eut un grondement au loin, et je vis la voiture de ma mère tourner pour franchir la grille d'entrée.

— Je dois partir, dis-je rapidement.

— Puis-je t'aider à porter ta valise ? offrit Dominic.

Je refusai fermement d'un signe de tête.

— Je peux y arriver.

— Si un jour tu as besoin de quelque chose — quoi que ce soit —, demande-le.

— Je vais m'en souvenir.

Je remis l'adresse dans l'enveloppe, puis la glissai dans ma poche

— Informe-moi de ce que tu apprendras. Nona compte sur nous pour démêler tout cela.

— Nous le ferons. Il marqua une pause, puis ajouta : Partenaire.

— Ouais… partenaires.

Nous nous séparâmes lorsque la voiture de ma mère s'arrêta devant la maison.

— Et, Sabine ? m'appela-t-il doucement.

— Quoi ?

— Tu vas me manquer.

Puis il pivota et s'éloigna.

# 6

UN GOBELIN, UN SQUELETTE ET DEUX MINUSCULES
Ewoks tendaient des sacs et chantonnaient :
« Joyeuse Halloween ! »

Ah, quel bonheur ! J'avais délaissé la
merveilleuse fête d'Halloween de Nona pour
être de garde afin d'accueillir les petits dévo-
reurs de bonbons.

D'élégantes citrouilles-lanternes luisaient le long de l'allée menant à la véranda, où des sorcières mécaniques voletaient au-dessus de nous sur des balais lumineux.

Un décorateur d'intérieurs avait transformé la maison à l'aide de toiles d'araignées en dentelles et de figurines d'Halloween de bon ton en porcelaine. Ma famille était célèbre dans le voisinage pour avoir les plus belles décorations ainsi que des sacs de friandises de marque.

Habituellement, mon père faisait le portier, vêtu d'un costume de Dracula ou de Frankenstein. Il disait à la blague qu'un déguisement de monstre était plus confortable que ses vestons-cravates. Il n'avait pas le temps de rigoler, ces temps-ci, mais il avait tout de même prévu rester à la maison le soir d'Halloween — jusqu'à ce qu'à la dernière minute son adjointe lui téléphone. En présentant ses excuses, il était parti à toute vitesse pour assister à une réunion importante.

Maman s'était engagée à chaperonner la fête costumée du cours de danse de mes sœurs, et ces dernières étaient sur leur trente-et-un dans des costumes époustouflants. J'avais prévu les accompagner moi aussi afin d'être avec elles. Sauf que quelqu'un devait rester à la maison.

Devinez qui ?

Pendant que j'offrais des sacs de gâteries — des sacs décoratifs débordant de barres de friandises de format géant et de jouets-surprises —, je pensais avec nostalgie à Sheridan Valley.

La fête de Nona allait bientôt commencer.

Sa ferme était trop éloignée dans la campagne pour attirer les enfants faisant la chasse aux bonbons, mais elle était parfaite pour une fête d'Halloween à vous donner la chair de poule.

Les invités seraient accueillis par des citrouilles sculptées éclairées de l'intérieur par des bougies déposées au bord des fenêtres, et par monsieur et madame Épouvantail les saluant de leur douillet perchoir sur la main courante de la véranda. J'avais aidé à fabriquer le couple d'épouvantails, ramassant de la paille dans la grange pour la bourrer dans une vieille robe de Nona et une salopette de Grady. Ce dernier était le partenaire de poker de Nona, et il avait fait des blagues à propos du plat singulier qu'il apporterait pour la fête d'Halloween.

— Je l'appelle le chili hanté, parce qu'il a une seconde vie.

Velvet, l'amie de Nona, fournirait des desserts provenant de sa boutique de chocolats et d'articles nouvel âge. Une fois que tout le monde se serait gavé de truffes délicieuses comme le péché et de pommes caramélisées, Velvet et Nona tireraient les cartes. Je n'avais aucun don pour l'art du tarot ; en revanche, Velvet m'avait donné un livre sur la lecture dans les paumes de la main, et j'avais prévu m'y essayer pendant la fête.

Je jetai un coup d'œil au téléphone, tentée d'appeler pour savoir comment les choses se déroulaient… mais je résistai. Il valait mieux faire une coupure nette.

Un nouveau coup de sonnette.

Faisant mon devoir, je me levai du canapé et me rendis à la porte.

— Bonbons, bonbons ! pépia une petite fée, agitant une baguette magique dans ses minuscules doigts de bambine.

Sa maman, rayonnante de fierté, gloussa et tendit un sac en tissu.

Je m'agenouillai, souris largement à la mignonne petite fille, puis laissai tomber dans son sac un paquet de friandises. La mère et la fée me remercièrent, puis gambadèrent jusqu'à la prochaine maison. Je fermai la porte et retournai m'installer sur le canapé pour regarder des rediffusions de *Ma sorcière bien-aimée* sur le câble.

La mère de Samantha s'apprêtait à jeter un sort à Darren lorsque le carillon retentit de nouveau. Plusieurs personnes s'écrièrent : « On veut des bonbons ! », tandis que des mains enthousiastes agitaient des taies d'oreiller, des citrouilles évidées en plastique et des sacs d'épicerie en plastique. Quand je revins, l'émission était terminée. J'éteignis le téléviseur juste au moment où la sonnette se fit une fois encore entendre.

— C'est quoi, ici ? La gare centrale d'Halloween ? grommelai-je entre mes dents en me dirigeant vers la porte.

Les trois mousquetaires se tenaient sur le seuil. Trois batailleurs vêtus de capes et d'épées ; deux petits et un troisième — adulte — qui faisait au moins trente centimètres de plus que moi. De toute évidence, il s'agissait d'un père prenant part à la soirée avec plaisir. Les deux petits enfants — un garçon et une fille — agitaient des épées en plastique, alors que leur papa portait un sabre au bout arrondi. J'en avais un pareil à celui-là lorsque je prenais des leçons d'escrime.

En fait, j'avais l'impression de connaître l'homme. Maigre et anguleux, il avait des cheveux bruns courts aux boucles serrées, un nez incurvé proéminent et un bouc.

— Monsieur Landreth ! m'exclamai-je en me cognant contre le plateau, ce qui envoya valser plusieurs sacs sur le sol.

Abasourdie, je fixai mon ancien professeur d'escrime.

— Est-ce vraiment vous ?

— Nous nous connaissons ?

Il semblait intrigué, puis il me regarda de plus près. La surprise illumina son visage.

— Sabine ? Bonté divine, c'est toi. Mais, je croyais que tu avais déménagé.

— Je viens tout juste de revenir.

— C'est merveilleux ! Il cala son sabre sur le côté. C'est formidable de te revoir.

— Même chose pour vous. Et il doit s'agir de vos enfants ?

— Timothy et Lismari. Ou, pour ce soir, Aramis et Porthos, ajouta-t-il en leur caressant affectueusement la tête.

— Je suis Aramis, déclara fièrement la fillette. Le plus meilleur mousse-quetaire.

— Je suis Porthos, le plus brave, dit son frère.

— Et je suis Sabine, leur appris-je en souriant.

— Milady Sabine ? me demanda la petite Aramis.

— Hein ? répondis-je.

Monsieur Landreth regarda tendrement sa fille.

— Elle veut parler de la vilaine dans le film *Les trois mousquetaires*. La dangereusement belle milady Sabine de Winter.

— Elle est vraiment méchante et on lui tranche la tête, ajouta son fils en agitant son épée de plastique.

— Ai-je quelque chose à craindre ? demandai-je à la blague.

Mon ancien professeur eut un petit rire.

— Tu es en sécurité, mais je n'en suis pas aussi sûr en ce qui nous concerne, ces batailleurs miniatures et moi.

— Je n'arrive pas à croire que vous êtes père, lui dis-je en remettant un sac de friandises à chaque gamin. Vous m'avez toujours fait l'effet d'un grand enfant vous-même.

— Je plaide coupable. Quel meilleur emploi que celui de jouer avec des épées ? Tu étais l'une de mes élèves les plus douées. J'ai détesté te perdre.

— Eh bien… j'ai vécu des moments difficiles.

— Pas un n'était ta faute, affirma-t-il fermement. Toute l'école a été frappée par l'hystérie.

— Sauf vous, ajoutai-je avec reconnaissance.

Monsieur Landreth avait été le seul professeur à prendre ma défense. J'avais entendu dire qu'il avait eu une discussion houleuse avec le principal, le traitant d'idiot pour m'avoir reproché le décès de Kip. Il avait même menacé de quitter son emploi. Heureusement, il ne l'avait pas fait.

— C'est tellement formidable que tu sois de retour. Monsieur Landreth sourit. N'oublie pas de t'inscrire à ma classe pour experts.

— Je n'irai pas à Arcadia High.

— Ah ? C'est triste, même si c'est compréhensible. Où iras-tu ?

— Je ne sais pas exactement. Probablement un établissement privé.

— Je te recommande Saint Marks. Ils ont un bon programme d'escrime. Un talent comme le tien ne devrait pas être gaspillé.

— Merci, dis-je en rougissant.

Je n'avais pas l'habitude des compliments, et j'ignorais comment répondre.

— Je suis sérieux, Sabine, ajouta-t-il avec sincérité. As-tu continué à pratiquer l'escrime ?

— Non, admis-je.

J'aurais pu expliquer que Sheridan High n'offrait pas ce sport, mais ce n'était qu'une partie de la raison.

— Tu ne peux pas dire cela sérieusement ! s'exclama-t-il. Tu dois te remettre à…

— Papa, nous voulons visiter d'autres maisons, l'interrompit Lismari en tirant sur son bras.

— Viens, papa, ajouta Timothy.

— Juste une minute, leur répondit-il. Puis il me lança un regard pénétrant. Sabine, tu ne peux pas négliger tes talents. Nous devons en discuter davantage.

— L'escrime ne m'intéresse pas tant que cela.

— Je ne te crois pas. Tu éprouvais une réelle passion pour ce sport. Je sais qu'il s'est passé des événements bouleversants à Arcadia, et j'ai honte du comportement de certains de mes collègues et de tes coéquipiers. Si tu avais poursuivi, tu concourrais à l'échelle nationale, à présent.

Je tournai vite mon regard vers le plat de bonbons, fermant mon esprit aux souvenirs.

— Je suis passée à autre chose, lui répondis-je simplement. C'est terminé.

— Il n'est pas nécessaire qu'il en soit ainsi.

Monsieur Landreth mit la main dans sa poche et en tira une carte de visite.

— Prends ceci, Sabine. Non seulement je travaille à Arcadia, mais j'enseigne aussi l'escrime à Learning Express. Je te donnerai des cours particuliers.

— Cela ne m'intéresse pas.

— Contente-toi d'y réfléchir.

Je secouai la tête.

— L'escrime, c'est fini pour moi.

— Mais l'escrime n'en a pas fini avec toi.

Il étira le bras, ouvrit mes doigts et déposa sa carte dans ma paume. Puis les enfants le tirèrent, et la porte se ferma avec un petit bruit sourd.

En me mordillant la lèvre, je baissai les yeux sur le bristol. La minuscule silhouette d'une épée s'enfonça directement dans mon cœur et je compris que monsieur Landreth avait raison. L'escrime *m'avait* manqué. Mes doigts se refermèrent sur la carte, imaginant la sensation d'une solide poignée d'épée dans ma main. Toutefois, je ne pouvais pas m'investir. Pas après toute la douleur et la trahison.

Je fourrai le carton dans ma proche et retournai sur le canapé.

Lorsque le carillon retentit une minute plus tard, je donnai des sacs de friandises à deux monstres aux dents pointues, à une princesse et à un Spiderman avec deux incisives manquantes. Les petites créatures monstrueuses continuèrent de défiler une heure encore. Quand la sonnette se tut enfin, je m'endormis sur le canapé.

Je m'éveillai au son de la porte qu'on ouvre et d'éclats de voix.

Levant la tête, je vis mes sœurs rire en pénétrant dans la maison. Elles étaient toutes deux encore costumées : Sherlock « Amy » Holmes portait une pipe et une loupe, alors qu'Ashley incarnait une rockeuse punk avec des cheveux mauves coiffés en pointes. Elles étaient grandes et élancées, d'apparence beaucoup plus âgée que leurs dix ans. C'était la première année que les jumelles ne portaient pas des costumes identiques ; cela m'attristait un peu.

— Tu as manqué la fête la plus étonnante ! s'exclama Ashley, bondissant à côté de moi sur le canapé et brandissant sa guitare diamantée dans les airs.

— Excellente déduction, ma chère Ashley, dit Amy en tirant sur sa pipe factice et en soufflant des bulles de savon.

— Je suis contente que vous ayez eu du plaisir.

Je m'assis en bâillant.

— Maman est restée là-bas pour nettoyer et discuter d'un comité sans intérêt, m'apprit Amy. Le père de Leanna nous a déposées.

Elle fit un geste de la main derrière elle, et c'est à ce moment-là que j'aperçus un homme un peu enrobé, le bras passé autour d'une mince jeune fille portant un costume de chat. Des boucles courtes et sombres encadraient les grands yeux noirs comme la nuit de Leanna. Elle ne souriait pas, se contentant de rester timidement à l'écart.

Ou bien s'agissait-il d'autre chose que la timidité ? Je surpris un étrange échange de regards entre mes sœurs, et pressentis qu'il y avait quelque chose dans l'air que je ne comprenais pas. J'attendis qu'elles me présentent, au lieu de quoi elles se détournèrent.

— Merci de nous avoir ramenées, dit Ashley au père de Leanna.

— Sans problème, répondit-il. Votre mère en fait tellement pour les enfants, c'est la moindre des choses.

— Merci et joyeuse Halloween, lui lança Amy d'un ton un peu trop gai.

Il se passait vraiment quelque chose. Je me sentis ignorée, et j'étais blessée que mes sœurs ne me présentent pas soit par honte, soit par gêne.

La main de Leanna était posée sur la porte, comme si elle avait hâte de s'échapper. Son regard glissa dans ma direction ; elle avait les yeux grands ouverts et les lèvres serrées. Elle semblait avoir terriblement peur.

De moi ?

Je lui fis un sourire, espérant lui montrer qu'elle n'avait rien à craindre de moi. Toutefois, elle n'eut aucune réaction. Et, pendant que je l'observais, une silhouette lumineuse apparut au-dessus de ses boucles sombres. Ronde et pâle avec des yeux foncés, un nez et une bouche.

Une tête sans corps — Kip Hurst !

Kip me fit un clin d'œil, puis flotta comme un ballon fantomatique jusqu'à ce qu'il soit face à face avec Leanna. Je voulais lui crier de s'éloigner d'elle. À la place, je me couvris la bouche avec la main pour m'empêcher de sursauter pendant que le visage humain de Leanna et le visage fantôme de Kip se superposaient comme une photographie développée deux fois.

Ils se ressemblaient de façon extraordinaire ; mêmes yeux sombres, mentons arrondis et chevelures brunes bouclées. Et je compris une chose renversante. Pas étonnant que le nom de Leanna m'eût semblé familier. Elle était la raison pour laquelle ma mère n'avait pas voulu de moi à la fête célébrant le dixième anniversaire de mes sœurs. Elle craignait que ma présence ne bouleverse Leanna.

Je savais pourquoi Kip était apparu et, encore plus important, pourquoi il faisait du surplace près de Leanna. C'était son frère.

# 7

Ma main glissa de ma bouche et je criai.

Toutes les têtes se tournèrent vers moi, y compris celle du fantôme sans corps qui souriait en coin d'un air amusé.

— Qu'est-ce qu'il y a, Sabine ? me demanda Amy avec anxiété.

— J'ai-j'ai... vu... un...

Mon cœur battait à tout rompre, mais je compris que j'aurais l'air d'une folle. Tout de même, je ne pouvais pas dire à Leanna, de but en blanc : « J'ai vu la tête de ton frère ».

La dernière chose dont j'avais besoin, c'était d'alimenter de nouvelles rumeurs à propos de mes dons étranges. De plus, il était évident que personne d'autre ne pouvait voir Kip.

— Qu'est-ce qu'il y a Sabine ? insista Amy.

— Rien.

— Mais, quelque chose t'a surprise.

Kip avait la bouche ouverte et riait silencieusement — cet imbécile sans vie. Comment osait-il croire que c'était amusant ? Bien, je ne le laisserais pas me faire passer pour une idiote.

— J'ai vu une araignée, mentis-je.

— Où ? s'écria Ashley en regardant autour, affolée. Est-elle près de moi ?

— Non, elle rampait sur mon bras.

— Ooh, dégoûtant. Je déteste les araignées.

— Moi aussi, dis-je à Ashley en hochant la tête. Elles me font paniquer.

— Depuis quand ? me demanda Ashley avec méfiance.

Elle me connaissait trop bien et elle se souvenait probablement de mon araignée domestique que j'avais appelée Charlie.

J'époussetai mon avant-bras avec ma main.

— Elle est partie, à présent.

Ainsi que Kip. Merci, mon Dieu ! S'il se montrait de nouveau, je devrais avoir une sérieuse conversation de fille à fantôme et lui ordonner de rester loin d'ici.

Avant qu'Amy puisse poser d'autres questions, je fis semblant de bâiller et déclarai que j'allais me coucher. Une fois dans ma chambre, je m'installai péniblement dans mon lit.

Quelle soirée ! Revenir vivre à la maison avait été une erreur.

Comme le vieux Ebeneezer, j'étais hantée par un fantôme du passé. Ce pas-si-cher-disparu de Kip demandait ma collaboration, mon ancien professeur voulait m'aider, et ma présence avait terrifié une jeune fille. J'étais de retour depuis moins d'une journée, et déjà le passé me tirait en arrière comme une lourde chaîne, resserrant son emprise sur moi.

Je jetai un œil vers ma valise pas encore défaite, et je souhaitai avoir le courage de partir avant qu'il soit trop tard.

Ou bien était-il déjà trop tard ?

Je pouvais comprendre l'aversion de Leanna pour moi, mais sa terreur était anormale. Pourquoi serait-elle effrayée par moi ? Pensait-elle que j'étais une adepte de la magie noire ou une membre d'un club satanique ? Croyait-elle toutes ces rumeurs exagérées qui avaient circulé sur mon compte après le décès de son frère ? S'imaginait-elle que j'étais responsable de sa mort ?

Ou peut-être que sa peur concernait une tout autre chose. Kip m'avait demandé d'aider une inconnue. Parlait-il de Leanna ? Avait-elle des ennuis ?

Mes sœurs le sauraient. Je pouvais compter sur Amy pour tout me dire, mais je n'en étais pas aussi sûre pour Ashley. Serait-elle plus loyale envers son amie ou envers sa grande sœur ? J'avais peur de le découvrir.

Avant d'emménager chez Nona, j'avais été proche de mes deux sœurs. Davantage comme une seconde mère, puisque maman était prise par ses obligations sociales et par la planification des cours de chant et de danse des jumelles. Malheureusement, elle ne planifiait jamais de « temps pour s'amuser ». Donc, j'emmenais les filles voir des films, et nous jouions à des jeux et échangions des potins dans notre cabane dans l'arbre. Toutefois, lorsque j'avais déménagé, nous nous étions éloignées.

En soupirant, je m'assis dans mon lit et surpris mon reflet dans le miroir de ma commode. J'avais toujours l'air de la même personne :

yeux verts, silhouette mince (pas assez développée au niveau de la poitrine, à mon grand désarroi) et de longs cheveux blonds avec une mèche noire. La marque noire d'une voyante semblait plus foncée et plus large ; une ligne de démarcation qui me séparait de ma famille. L'innocente amitié que j'avais partagée avec mes sœurs me manquait aussi.

Dans le passé, lors d'Halloween, nous célébrions toutes les trois ensemble notre traditionnelle « Halloween maison ». Après les films et le maïs soufflé, nous nous retrouvions dans ma chambre et échangions des cadeaux d'Halloween. Cette offrande secrète avait débuté quelques années auparavant, quand j'avais déniché un exemplaire de collection de Nancy Drew[1], *Le message des bougies torsadées*[2], dans une vente-débarras et que je l'avais offert à Amy pour Halloween. Ashley voulut savoir si j'avais un présent pour elle aussi.

Réfléchissant à toute vitesse, je m'étais rendue dans ma chambre ; j'avais trouvé une pelote de laine aux couleurs de l'arc-en-ciel, et je lui avais rapidement crocheté un bracelet en mailles. À mon étonnement, Ashley avait adoré cette chaînette toute simple. L'Halloween d'après,

---

1 Nancy Drew est une adolescente qui mène des enquêtes dans la série de romans du même nom.
2 Traduction libre du titre original anglais : *The Sign of the Twisted Candles*.

les filles voulurent échanger des cadeaux encore une fois. J'avais accepté, ajoutant toutefois que la surprise devait absolument être de fabrication maison et demeurer secrète.

Bien entendu, cette année la tradition s'était éteinte.

Il y eut un coup frappé à ma porte. C'était Amy.

— Alors, qu'est-ce qui t'a fait crier ? me demanda Amy en se laissant tomber sur le lit à côté de moi.

— Je te l'ai dit : j'ai vu une araignée.

— Depuis quand as-tu peur de petites araignées ?

— Elle n'était pas petite, elle était géante.

— Je ne l'ai pas vue.

— Je lui ai donné des tapes pour la chasser.

Amy secoua ses cheveux sombres.

— Tu mens.

— Comment peux-tu m'accuser d'une chose pareille ?

Je tentai de paraître outragée.

— Je lis assez de romans policiers pour détecter quand une personne raconte un mensonge. Tu n'as pas croisé mon regard et ta voix a pris un ton aigu. Je n'ai pas besoin d'être aussi douée que Nancy Drew pour savoir que tu me caches quelque chose.

— Nancy aurait des choses à apprendre de toi, déclarai-je avec un sourire contrit.

— J'étais certaine que tu ne paniquerais pas à cause d'une araignée. Tu avais l'air d'avoir vu un fantôme.

Je marquai une pause.

— C'est ce que j'ai vu.

— Vraiment ? me demanda-t-elle. Alors, quel est le problème ? Tu en as l'habitude.

— Pas un fantôme comme celui-là, dis-je avec un frisson.

Amy se pencha plus près ; ses yeux sombres brillaient.

— Raconte-moi tout.

— À quel propos ? nous interrompit Ashley en apparaissant dans le cadre de porte ; elle était grande et spectaculaire, avec ses longs cheveux foncés frisés et coiffés en pointes violettes à la punk, et son visage maquillé à outrance.

— Sabine n'a pas vu d'araignée, lui expliqua Amy.

— Je savais qu'elle mentait.

Ashley s'approcha et se tint debout près de mon lit.

— Tu n'es pas très bonne menteuse.

— Ouah, merci, répondis-je, sarcastique.

— Sabine allait me parler du fantôme qu'elle a vu. Je suis impatiente de tout entendre.

— Moi pas, rétorqua Amy d'un ton désapprobateur qui me rappela celui de maman. Garde tes fantômes pour toi toute seule, merci beaucoup. C'est juste trop… anormal.

— Tu es jalouse parce que Sabine est voyante et pas toi.

— Comme si je voulais que tout le monde pense que je suis bizarroïde ? Vraiment pas.

— Sabine n'est pas bizarroïde, et tu es méchante de dire cela.

— Je n'ai pas dit qu'elle l'était, j'ai seulement dit que je ne voulais pas l'être.

— Ce qui est la même chose, s'écria Amy en sautant sur ses pieds et en fusillant sa jumelle du regard. Je n'arrive pas à croire que nous sommes de la même famille.

— J'aimerais que nous ne le soyons pas.

— Et j'aimerais que tu…

— On se calme ! Avant que cette guerre ne fasse couler le sang, je leur fis signe de s'arrêter. Hé, vous ne m'avez pas parlé de la fête. Comment était-ce ?

Amy me regarda de travers, mais Ashley s'anima.

— Oh ! La fête. C'était vraiment sympa. J'ai gagné le prix de la chevelure la plus extravagante.

— Félicitations ! dis-je, soulagée de parler d'un sujet sans conséquence. Ashley se lança dans une description saisissante des jeux (piquer le nez de la méchante sorcière et une partie de balle avec des ballons-poires en forme de crânes).

Amy se joignit à la conversation et, en un rien de temps, nous étions en train de rire ensemble.

Puis Ashley lança à Amy ce que j'avais toujours appelé « le regard des jumelles » ; elles partageaient leurs propres ondes de communication. Un canal psychique qui m'avait toujours été inaccessible.

Elles me dirent qu'elles seraient de retour dans une minute, puis elles quittèrent la chambre en hâte. Je n'avais aucune idée de ce qui se passait — jusqu'à ce qu'elles reviennent, chacune portant un petit cadeau emballé.

— Joyeuse Halloween ! s'exclamèrent-elles à l'unisson.

— Notre tradition ! m'écriai-je de surprise. Je ne croyais pas que vous vous en souviendriez.

— Comment aurions-nous pu l'oublier ?
Ashley arborait un large sourire.

— Et j'ai suivi les règles.

— Moi aussi, dit Amy. Seulement des cadeaux faits maison — rien qui provienne d'un magasin.

— Nous nous sommes déjà offert les nôtres. Avant d'apprendre que tu serais ici, nous avions décidé d'échanger des coupons imaginatifs.

— Une idée à moi, ajouta Ashley avec fierté. J'ai fait des coupons pour Amy pour des trucs comme sortir les poubelles, faire la vaisselle et des massages de pieds.

— J'ai fait des coupons pour le nettoyage de sa chambre, pour de l'aide pour ses devoirs et pour lui faire la lecture à haute voix de nos livres préférés. Mais nous avons gardé tes cadeaux secrets, même entre nous.

Je les regardai fixement, le cœur réchauffé. Peut-être nous étions-nous éloignées, mais nos souvenirs communs et les moments comme ceux-ci nous rapprochaient.

— Je ne m'attendais à rien. Les filles, vous êtes tellement… extraordinaires.

— Nous le savons, dit Ashley en riant. À présent, vas-tu te dépêcher d'ouvrir tes cadeaux ? Prends le mien d'abord.

— Mais, je n'ai pas su que je serais ici suffisamment tôt pour vous fabriquer quoi que ce soit. Je me sens mal parce que je n'ai pas de cadeaux pour vous.

— Tu nous as déjà offert quelque chose de merveilleux, insista Amy.

— Ouais, acquiesça Ashley. Tu es ici.

Elles partagèrent un de ces regards de jumelles et déclarèrent :

— Tu es notre cadeau.

## 8

LE LENDEMAIN MATIN, J'ÉPINGLAI LE CADEAU d'Amy sur le mur au-dessus de mon bureau ; une esquisse au crayon mine de la ferme de Nona, avec Lilybelle qui, par jeu, donnait des coups de patte sur la queue d'une vache. Amy devait savoir combien cela me manquerait de vivre avec Nona. Ashley avait aussi créé sa surprise. Elle avait jumelé ses talents de chanteuse et de parolière pour enregistrer à mon intention des chansons composées et chantées par elle.

Et ce ne fut pas la fin de notre célébration traditionnelle d'Halloween.

Mes sœurs firent un choix parmi les films d'épouvante, pendant que je me dirigeais vers la cuisine pour faire du maïs soufflé au caramel. Les caramels étaient en train de fondre sur la cuisinière quand j'entendis la porte grincer et s'ouvrir sur Amy.

— Nous devons parler seule à seule, m'expliqua-t-elle.

Puis elle mit son nez dans la casserole.

— Hum, ça sent bon.

— Fais attention, la casserole est chaude. Alors, de quoi s'agit-il ?

— C'est ce que je veux savoir. Ashley est occupée à choisir un film, donc tu peux me raconter la vérité, dit-elle à voix basse. À propos du fantôme que tu as vu.

— J'ai seulement vu sa tête.

— Hou, c'est effrayant. La tête était-elle tout ensanglantée ?

— Non. Mais, il m'a affolée pour d'autres raisons. Je regardai du côté de la porte pour m'assurer qu'elle était fermée, afin qu'Ashley ne puisse pas entendre. C'était Kip.

— Tu veux dire… Kip Hurst ? Ses yeux lui sortirent de la tête. Le frère de Leanna ?

— C'est lui, le mort. Je pense qu'il souhaite que j'aide Leanna.

— Pourquoi ? Elle n'a pas besoin d'aide. Leanna a le rôle vedette de la partie solo de notre spectacle de danse, et elle est très populaire, car elle fait des choses gentilles comme apporter des gâteries même quand ce n'est l'anniversaire de personne.

— A-t-elle un problème quelconque ?

— Je ne crois pas. C'est la personne la plus chanceuse que je connaisse.

— Sauf qu'elle a perdu son frère, lui rappelai-je gravement. Comment réagit-elle à cela ?

— Bien, j'imagine. Elle ne parle jamais de lui.

— Mais elle avait peur de moi. As-tu une idée du pourquoi ?

— Ben, ouais. Amy baissa les yeux vers le caramel qui bouillait sur la cuisinière. Mais ne sois pas en colère.

— En colère ? Pourquoi ?

— Leanna croit que tu peux faire de la magie noire. Elle a peur que tu lui jettes un sort.

— Jeter un sort ? Je la fixai, abasourdie. Tu plaisantes.

— Elle a regardé beaucoup trop de rediffusions de *Charmed*[3]. D'ailleurs, c'est la meilleure amie d'Ashley, et non la mienne, ajouta Amy, comme si cela expliquait tout.

— Ashley lui a-t-elle dit que je n'étais pas une sorcière ?

— Ouais, mais Leanna est tellement têtue. Par exemple, même si Ashley n'arrête pas d'insister auprès d'elle pour qu'elle fasse une pyjama-partie, elle refuse.

— Pourquoi cela ?

— Elle prétend que sa chambre est trop petite. Je ne peux pas l'affirmer, car je ne l'ai jamais vu. Elle n'invite jamais personne chez elle — pas même Ashley.

J'éteignis la cuisinière. Au lieu de prendre la casserole, je fixai ma sœur d'un regard étonné.

— Sa meilleure amie n'est jamais allée dans sa maison ?

— Leanna dit qu'elle préfère la nôtre.

— Cela ne te paraît-il pas étrange ?

— Je n'ai jamais voulu y aller, de toute façon.

— Mais, elle doit avoir une raison pour ne pas inviter ses amis chez elle.

---

3  Série télévisée américaine mettant en vedette trois sœurs sorcières dotées de pouvoirs magiques.

— Comme un secret ? Diantre, tu pourrais être dans le vrai. Amy sortit sa fausse pipe de Sherlock Holmes et la frappa sur le comptoir de la cuisine. Étonnante observation, ma chère sœur. Comme ce livre que j'ai lu, dans lequel les parents de la fille se font kidnapper, et les méchants s'installent chez elle, et elle doit faire comme si tout allait bien. Mais sa cousine identique découvre la vérité et prend sa place, et les bandits sont arrêtés.

J'eus un petit rire.

— Je doute que Leanna cache quelque chose d'aussi dingue.

— Mais, si elle a un secret, je vais le découvrir.

— Je peux toujours compter sur toi.

— Je t'enverrai la facture, dit-elle à la blague.

Puis nous emportâmes des boissons gazeuses et du maïs soufflé au caramel dans la salle familiale.

Quand vint le moment de me mettre au lit, ce soir-là, je ressentais une saine fatigue. Je fouillai dans ma boîte de veilleuses, jusqu'à ce que je trouve celle en forme de note de musique qu'Amy m'avait offerte.

Je m'éveillai en excellente forme et pleine d'enthousiasme, ne sachant pas tout d'abord pourquoi j'étais de si belle humeur. Puis le souvenir me revint.

Josh venait ce matin !

J'étais impatiente de le voir. Nous aurions toute une merveilleuse journée devant nous. Mais, que ferions-nous ? Traîner à la maison pourrait finir par nous ennuyer. Je devais trouver un autre endroit où aller. Les lieux que je fréquentais auparavant, comme la galerie marchande de West Valley ou bien la patinoire n'étaient pas envisageables. Qu'arriverait-il si je rencontrais par hasard une personne que je connaissais à Arcadia High ? Ce serait sérieusement embarrassant.

Josh savait qu'on m'avait chassée de mon ancienne école ; en revanche, il n'était pas au courant de toute l'histoire. Son meilleur ami (et mon pire ennemi) Evan Marshall avait essayé de détourner Josh de moi en lui racontant que j'avais prédit la mort de Kip. Sauf que le plan d'Evan s'était retourné contre lui. Josh avait été outragé du fait qu'on m'avait accusée d'avoir des pouvoirs surnaturels. Il pensait que mon père aurait dû poursuivre mes détracteurs pour diffamation. Et il avait prévenu Evan de ne pas répandre de rumeurs à mon sujet à Sheridan High.

J'adorais la façon dont Josh voulait protéger ma réputation… Cependant, est-ce que je l'aimais, *lui* ?

Les doutes m'assaillaient continuellement, particulièrement lorsque Dominic était là. Alors, aujourd'hui, il serait uniquement question de Josh et de moi. Nous pourrions faire quelque chose de romantique, comme un pique-nique au bord du lac ou bien une balade en voiture au belvédère, où il y avait une vue saisissante de la ville. Pas une fois, je ne penserais à Dominic.

Après avoir rapidement enfilé un jean et un haut extensible bleu ciel, je me rendis dans la cuisine, glissai une gaufre congelée dans le grille-pain et me servis un verre de jus d'orange. Personne d'autre n'était debout, la maison était donc étrangement silencieuse ; les seuls sons provenaient du ronron du réfrigérateur et du tic-tac de l'horloge murale.

C'était étrange de revenir vivre ici ; chercher les céréales dans le garde-manger, se verser du lait écrémé (le seul que maman acceptait d'acheter) et s'asseoir en solitaire dans le coin-repas à côté de la grande baie vitrée. Je fixais des objets familiers et me sentais étrangère. Comme si j'étais une visiteuse dans la vie de quelqu'un d'autre.

Il était trop tôt pour l'arrivée de Josh, alors, après avoir lavé ma vaisselle (règle de la maison), je retournai à ma chambre pour lire mes courriels. Deux de Penny-Love, une blague de Manny et une douzaine de pourriels. En revanche, je n'avais rien de la part de Josh. Il était probablement déjà en route.

J'écoutai donc les chansons d'Ashley, sa belle voix rauque me donnant l'impression d'être moins seule. Je sortis mon sac de travaux d'aiguille, fouillai parmi le fil et le tissu, et continuai le foulard pour Nona. Un article de magazine que j'avais lu disait que tricoter était de la méditation créative, et j'étais d'accord. Mes doigts bougeaient vite et automatiquement. Clic, ping, clic, ping. Regarder les aiguilles argentées s'entrechoquer m'hypnotisait. Pousser et parer, le métal attaquant, puis se retirant, puis s'élançant de nouveau, comme une bataille d'épées miniatures.

Et je songeai à l'escrime.

Cela avait été tellement agréable — mais troublant — de revoir M. Landreth. Il avait dit que l'escrime n'en avait pas fini avec moi. Mais, qu'en savait-il ? Je n'avais pas pratiqué ce sport depuis plus de six mois, et je m'en portais tout à fait bien. L'escrime, c'était terminé pour moi, et ça me convenait parfaitement.

Était-ce vraiment le cas ?

L'escrime m'avait toujours procuré une grosse poussée d'adrénaline — enfiler les vêtements protecteurs, manier un sabre et affronter un adversaire. Le feu sacré de la compétition s'allumait en moi, et je me sentais telle une guerrière engageant la bataille. Rien d'autre que mon rival et moi n'existait. Parfois, après une joute, je levais les yeux et découvrais des spectateurs qui applaudissaient.

Quel honneur pour moi quand je reçus une invitation à me joindre aux Fleurets ! J'avais eu un large sourire imprimé sur le visage pendant des jours. Le groupe de performance élite n'était formé que des escrimeurs adolescents les plus talentueux, et il était reconnu pour ses démonstrations données pour l'ouverture de centres commerciaux, dans des kermesses et d'autres événements spéciaux. J'ai encore mon maillot avec le logo d'une épée argentée sous le mot « Fleurets » et la culotte assortie. J'avais adoré faire partie des Fleurets. Pas en raison des spectacles (j'étais un peu gênée par cette partie), mais à cause des fortes amitiés. Les Fleurets étaient devenus ma seconde famille et quelques-uns d'entre nous étaient toujours ensemble après l'école : Tony, Jennae, Derrick, Alphonso, Tiffany, Vin et Brianne.

Brianne. Mon ancienne meilleure amie.

Les aiguilles glissèrent et je fus piquée au pouce par un bout pointu.

Pourquoi est-ce que je pensais à elle maintenant ? Téméraire, impulsive et traîtresse Brianne. Quand elle avait emménagé de l'autre côté de la rue, en troisième année du primaire, nous étions devenues inséparables. Nous nous étions inventé un monde fantastique appelé « Le royaume du château » à l'aide de boîtes en carton et d'épées de bois. La menue Brianne avait l'air d'une fine porcelaine ; pourtant, elle interprétait toujours le rôle du chevalier intrépide partant à la rescousse de la princesse capturée (moi) enfermée dans un terrible donjon.

Elle était brave, alors que des choses comme les voix fortes et l'obscurité m'effrayaient. En revanche, quand nous dormions l'une chez l'autre, c'était moi qui lui faisais peur en lui racontant des histoires de fantômes. J'avais été étonnée d'apprendre qu'elle ne voyait pas de fantômes et qu'elle ne connaissait même pas le nom de sa guide spirituelle (Septina, une sage Égyptienne). Et, lorsque j'avais tenté de lui expliquer l'autre monde, elle avait pensé que j'inventais des histoires. Avec le temps, elle avait fini par me croire, et nous étions devenues proches comme des sœurs — jusqu'à ce qu'elle change. Je ne savais toujours pas pourquoi. Mais, d'un trait de plume, elle s'était retournée contre moi en signant une pétition pour mon renvoi de l'école.

Sa trahison m'avait blessée plus profondément que mille épées.

Je fus surprise par la sonnerie d'un téléphone et je sursautai, éparpillant aiguilles à tricoter et laine sur le tapis. Quand j'atteignis enfin l'appareil dans le couloir, la sonnerie s'était tue. Puis la porte de la chambre à coucher de ma mère s'ouvrit, et elle sortit en peignoir, les cheveux décoiffés et affichant un air ennuyé au lieu de son visage maquillé. Elle ne dit rien en me remettant le récepteur, mais le froncement de ses sourcils m'avertit qu'il était beaucoup trop tôt pour recevoir un coup de fil un samedi matin.

— Merci, murmurai-je, puis j'attrapai le téléphone et me retirai dans ma chambre.

C'était Josh — avec de mauvaises nouvelles.

## 9

JE NE HURLAI PAS, JE NE ME PLAIGNIS PAS ET JE NE
démolis pas le téléphone en mille morceaux.

Même si c'est que j'aurais souhaité faire.

À la place, j'affirmai à Josh que je comprenais qu'il ne pouvait pas refuser une invitation
à manger ce midi avec son mentor de magie,
l'étonnant Arturo. Bien sûr, ça ne me dérangeait

pas qu'il soit occupé dimanche également. Nous nous verrions le week-end prochain. Il devait s'amuser follement et ne pas s'en faire pour moi.

Si Ashley m'entendait, elle se rétracterait pour avoir dit que j'étais une mauvaise menteuse.

J'étais vraiment très bonne pour mentir.

Et j'avais le cœur brisé.

Mais, à quoi cela servirait-il de se mettre en colère ? Josh serait déçu de moi, et je finirais par me culpabiliser. Même après avoir brusquement raccroché le téléphone et frappé mon oreiller avec mes poings jusqu'à ce qu'il ressemble à une grosse masse molle, je continuais à me sentir terriblement mal. J'avais compté sur la présence de Josh ici pour m'appuyer. À présent, j'avais devant moi une longue journée vide.

Si je vivais encore avec Nona, il y aurait des tas de choses à faire. Marcher dans les bois, faire la chasse aux œufs de poule, aider Nona à effectuer les tâches ménagères ou me mettre au courant des derniers potins avec Penny-Love. Mademoiselle la docteure de l'amour était probablement occupée à travailler avec Nona, alors que j'étais coincée ici à ne rien faire.

*Sois positive*, résonna la voix d'Opal dans ma tête.

D'accord, d'accord. Ce n'était pas comme si j'étais complètement seule. Mes sœurs n'étaient qu'à l'autre bout du couloir. Je pouvais faire des choses avec elles, aujourd'hui.

Je me rendis donc à la chambre d'Amy et frappai doucement à la porte.

Après qu'Amy eut répondu : « Entre », j'avançai à l'intérieur. Elle était recroquevillée dans un fauteuil poire rouge près de sa fenêtre, ses cheveux épais répandus autour d'elle comme un nuage sombre. Elle leva les yeux du livre qu'elle lisait et me fit un grand sourire.

— Bonjour, sœurette, dit-elle. Bien dormi ?

— Si tu veux savoir si j'ai vu d'autres fantômes, la réponse est non. Et toi ?

— Je me suis endormie un livre à la main.

— C'est typique d'Amy, le rat de bibliothèque, déclarai-je pour la taquiner, tirant une chaise pour m'asseoir à côté d'elle.

— Je ne suis pas un rat de bibliothèque. Les rats sont dégoûtants.

— Préférerais-tu être un insecte de bibliothèque ?

— Peut-être un papillon de bibliothèque. Ouais, ça sonne sympa. Elle pencha la tête pour m'observer. Alors, comment gères-tu ton retour au foyer ?

— C'était la maison de Nona, mon foyer.

— Mais, tu es heureuse, ici, n'est-ce pas ? Je veux dire, c'est ici ton *vrai* foyer.

J'hésitai.

— C'est formidable d'être avec toi et Ashley. Hé, peut-être pourrions-nous faire quelque chose, aujourd'hui. Josh était censé me rendre visite, mais il a annulé. Tu as envie d'aller voir un film plus tard ? Ashley peut venir aussi.

— J'adorerais cela… mais je ne peux pas. Ni Ashley.

— Ah. Je réagis avec nonchalance pour cacher ma déception. Comment cela ?

— Les samedis sont toujours occupés. Cours pour la voix, visite chez la manucure et la coiffeuse.

Elle m'invita à me joindre à elles, mais je déclinai l'invitation.

Quand maman découvrit que je n'avais aucun plan, elle me piégea après le petit-déjeuner, une lueur déterminée dans les yeux. Je sentis l'odeur de son parfum à l'œillet, et j'étais suffisamment près pour voir les fines rides sous son maquillage savamment appliqué. Elle portait un costume beige de bon goût, des chaussures à talons plats ainsi qu'un rang de perles avec les boucles d'oreilles assorties.

— Sabine, j'attendais que nous ayons un moment tranquille pour avoir une discussion sérieuse avec toi, dit-elle en caressant son collier nonchalamment. Allons dans la salle familiale pour discuter en privé. Nous devons prendre certaines décisions avant lundi.

— À quel sujet ? nerveusement lui demandai-je.

— Ton éducation.

La panique me transperça. Voici le temps de la grande discussion à propos de l'école privée avec des uniformes barbants. Ou est-ce que ce serait pire que cela ? Et si, malgré tout, maman voulait que je retourne à Arcadia High ?

Mais je sus tout à coup que j'allais m'en sortir, comme le condamné à mort qui reçoit un sursis.

— Pas maintenant, maman.

— Pourquoi pas ?

— Le téléphone va sonner.

— Comment sais-tu… dit-elle, au moment même où la sonnerie retentit.

— C'est pour moi, lui répondis-je. J'y vais.

Elle serra les lèvres en une mince ligne signifiant sa désapprobation.

— Je déteste quand tu fais cela.

Ignorant son ton acerbe, je me hâtai pour répondre au téléphone. Et je ne fus pas étonnée d'entendre la voix de monsieur Landreth. Après la première sonnerie, j'avais su qui appelait. Je savais même ce qu'il voulait me demander — de l'assister pour son cours d'escrime pour débutants, cet après-midi. Il n'avait pas vraiment besoin d'une assistante ; c'était un stratagème pour m'inciter à pratiquer de nouveau l'escrime. Il espérait qu'une fois que je sentirais l'acier dans ma main, je serais accrochée et ne voudrais plus jamais laisser tomber.

Et j'avais le sentiment qu'il avait peut-être raison.

Quand il me proposa de venir me chercher, je soupesai le risque de retomber amoureuse de mon sport favori par rapport au fait d'avoir une conversation pénible à propos de l'école avec ma mère.

L'escrime l'emporta. Je me dirigeai vers mon placard pour y dénicher mon équipement d'escrime. Je traînai le grand sac ovale hors de là. Je vérifiai pour m'assurer que tout y était. Blouson protecteur en toile blanche, sabre, épée, fleuret, masque en mailles d'acier, chaussures blanches et mon gant lavande préféré.

Une heure plus tard, j'entrais dans un grand gymnase aux planchers de bois délimités en bandes transversales pour les besoins de l'escrime.

J'avais l'impression d'être rentrée au bercail.

La pièce avait même une odeur caractéristique, une note de cire à parquet au citron et de sueur, ce qui pourrait ne pas sembler agréable, mais que j'adorais. Il y avait aussi de l'électricité dans l'air, émanant surtout d'un groupe de débutants surexcités alignés contre le mur du fond.

— Groupe, je vous présente ma talentueuse assistante, Sabine, dit monsieur Landreth à sa classe, me saluant alors que je me joignais à eux.

Après un concert de « Salut, Sabine ! », je souris et fis un signe de salut en retour.

Il y avait quinze élèves escrimeurs d'âges variés, allant de garçons plus jeunes que moi à un groupe de femmes à peu près de la génération de Nona. Il s'agissait de leur deuxième leçon, et tout le monde était excité à l'idée d'utiliser des sabres pour la première fois.

— J'ai vraiment hâte de battre des gens, dit un jeunot au crâne rasé portant une boucle d'oreille en or.

— Est-ce que ce sera douloureux ?

Une femme d'âge moyen aux cheveux auburn coiffés en queue de cheval fronçait les sourcils avec anxiété.

Monsieur Landreth eut un petit rire et frappa son masque protecteur avec ses jointures.

— Rien ne passe au travers de cette petite merveille. Vous pouvez le frapper autant que vous le souhaitez : vous ne sentirez rien du tout.

— Comment compte-t-on les points pour savoir qui gagne ? lui demanda un autre participant.

— En escrime, le premier à mourir perd.

Quelques personnes eurent l'air inquiet, mais elles se détendirent quand monsieur Landreth rit.

— Personne ne meurt vraiment. Tout est très sûr, les rassura-t-il.

Puis il passa en mode enseignement et déclara : « Les sabres sont prêts ? En garde. »

Je passai l'heure suivante à montrer aux élèves comment exécuter une parade et une avance, reprendre sa garde, attaquer et se retirer, et comment tenir leur sabre. Puis ils se groupèrent par deux et s'exercèrent à avancer avec leur sabre levé, à toucher l'adversaire et à se retirer. À recommencer encore et encore. Toute la base du sport.

Porter mon lourd blouson de toile et regarder à travers les mailles d'acier de mon masque me semblait tellement naturel. Les mailles carrelées embrouillaient le regard qu'on portait sur les choses, mais je le remarquais à peine. J'aimais que mon visage soit caché ; l'anonymat augmentait mon courage.

Mes doigts se refermèrent solidement autour de la poignée de l'épée et une énergie sauvage monta en moi. J'avais envie de vraie compétition. Comme quand j'étais avec les Fleurets.

Je soupesai l'idée de défier monsieur Landreth dans un match après le cours. Il était tellement habile, je ne pourrais jamais gagner, bien que j'adorerais essayer. Bien entendu, si je le mettais au défi, ce serait comme admettre qu'il avait eu raison de dire que l'escrime était importante à mes yeux. Trop humiliant.

Donc, je ne dis rien.

Alors que je travaillais avec les débutants, un enfant nommé Kevin — qui avait à peu près l'âge de mes sœurs — me demandait sans cesse de l'aide. J'enfonçai les boutons sur sa veste, je lui enseignai comment tenir son sabre, je lui trouvai un nouveau masque parce que le sien était trop serré, et je lui proposai d'être sa partenaire car il y avait un nombre impair d'élèves. Quand ses questions devinrent personnelles (non, je ne sortais pas avec des garçons plus jeunes et non, je ne lui donnerais pas mon numéro), je le jumelai rapidement avec un autre adversaire.

Puis la classe prit fin. Nous soulevâmes nos sabres en guise d'au revoir.

Je levai la main pour retirer mon masque et je lissai quelques folles mèches blondes.

Quel excellent entraînement ! Ma peau était humide et j'avais une poussée d'adrénaline. J'étais plus essoufflée que je ne l'avais prévu et irritée contre moi-même de ne pas être en bonne forme physique.

Je pensais à commencer un exercice de remise en forme quand je perçus la présence d'une personne derrière moi. Avant que je puisse regarder, je sentis qu'on m'enfonçait la pointe émoussée d'un sabre dans le dos. Supposant qu'il s'agissait de Kevin ou de l'un des autres débutants qui faisaient des bêtises, je me tournai et me retrouvai face à face avec un escrimeur de ma taille portant tout l'équipement de protection.

L'escrimeur inconnu (ou l'escrimeuse inconnue ?) abaissa son sabre et dit d'une voix assourdie :

— Sabine.

— Hein ?

J'essayai de scruter derrière le masque de mailles d'acier, mais tout ce que je pouvais voir c'était des cheveux noirs et le contour d'un visage.

— Est-ce que je te connais ?

— Moi, je te connais.

L'escrimeur masqué était mince avec une carrure musclée et n'était certainement pas un débutant. Je soupçonnais qu'il s'agissait d'un garçon ; mais c'était difficile à déterminer, à travers les mailles noires.

— Qui es-tu ?

— Veux-tu le découvrir ?

— Bien sûr, répliquai-je, intriguée.

Je ne reconnaissais pas la voix, mais quelque chose dans l'attitude de l'escrimeur m'était familier.

— Comment ?

— En pratiquant l'escrime.

— Es-tu de taille ? lui rétorquai-je. J'ai déjà été une très bonne escrimeuse.

— Moi, je suis encore bon. Es-tu de taille ?

— Absolument.

Je remis donc mon masque, pliai les genoux et levai mon sabre. Puis je dis sur le ton du défi :

— En garde.

# 10

TOUT D'ABORD, L'ESCRIME N'EST PAS COMME CE que vous voyez dans les films de Zorro. Des épées qui s'entrechoquent, des gens qui sautent partout comme des acrobates et frappent jusqu'à ce que le sang coule à flot — c'est vraiment très théâtral et amusant pour le cinéma, mais pas réaliste. L'escrime, même avec un mystérieux étranger qui, de toute évidence, sait qui vous êtes alors que de votre côté vous n'avez aucune idée de son identité, est très civilisée et se pratique avec des règles de priorité.

Et rapidement.

Une fois qu'un point est marqué, les escrimeurs stoppent, se retirent et recommencent. Tout cela arrive en quelque trois secondes. Vous seriez étonné de constater combien ces secondes peuvent vous mettre à bout de souffle et vous tremper de sueur.

Je m'avançai, poussai mon sabre en avant et m'élançai pour attaquer. Mais mon rival était prêt et exécuta une parade. Le métal s'entrechoqua. Je repris ma garde, fis une feinte, puis attaquai de nouveau et marquai un point en touchant son masque. Nous revînmes à nos marques et je frappai mes côtés en disant : « Prêt. À l'assaut ». Cette fois, mon adversaire gagna en me touchant le haut du bras.

Autour de nous, j'entendis des murmures enthousiastes. Alors que je me préparais à recommencer, je remarquai que monsieur Landreth nous observait avec un sourire amusé. Encourageait-il mon rival ou moi ? Je réalisai aussi que mon opposant était un garçon ; maigre et nerveux, les muscles des bras tendus, et les mouvements rapides et gracieux.

Consciente que mon professeur regardait, je m'efforçai de me concentrer et de garder mes yeux fixés sur mon adversaire. Quand le coup suivant arriva, je fis une parade. Mon bras droit bougea sans difficulté, haut en cinquième position de défense pour bloquer le coup, puis je plongeai en avant. Les sabres s'entrechoquèrent, notre rythme s'accéléra et l'intensité augmenta. La sueur coulait le long de mon cou et je respirais bruyamment. Mais je ne baissais pas le regard, bondissant en avant pour une nouvelle attaque et entendant monsieur Landreth dire : « Bon coup, Sabine ! »

Mais pas assez bon.

Mon adversaire exécuta une parade, puis attaqua rapidement et avec justesse. S'il s'était agi d'une vraie bataille, j'aurais une coupure sanglante au bras. Il marqua le point final et je déposai mon sabre en signe de défaite. Partie terminée.

Une excitation nouvelle émergea. À présent, j'allais découvrir son identité.

Nous nous rencontrâmes au milieu et je l'observai alors qu'il soulevait son masque. La première chose que je vis, ce fut des cheveux noirs lustrés tombant en cascade sur ses épaules et des boucles d'oreille en rubis. Sa peau olive brillait de sueur et ses yeux noirs en amande scintillaient.

— Vin ! m'écriai-je, totalement abasourdie et enchantée.

Vin avait été l'une de mes personnes favorites des Fleurets. Il n'était pas du type macho comme Tony et Derrick, s'accordant mieux avec nous, les filles. Il était ouvertement gai et avait le sens de l'humour ravageur qui avait du succès même avec les gars les plus coincés et faisait en sorte qu'ils étaient à l'aise avec lui.

— Bonne forme, mais trop raide, me dit Vin. De toute évidence, tu manques d'entraînement.

— Je sais, admis-je. Mon école n'avait pas de programme d'escrime.

Il eut l'air horrifié.

— Quelle ville de gens incultes ! Pauvre fille.

— Ça ne me dérangeait pas. J'avais beaucoup d'amis formidables, là-bas.

— Alors, es-tu de retour pour de bon ?

— J'essaie de la convaincre, glissa monsieur Landreth en arrivant à nos côtés.

Il caressa son bouc et me sourit largement.

— Qu'en penses-tu, Sabine ? Si tu ne souhaites pas suivre des cours, que dirais-tu d'un emploi ?

— Quel genre d'emploi ?

— Être mon assistante. En échange de leçons particulières.

— Vous ne m'avez jamais offert d'emploi, ronchonna Vin.

— C'est parce que tu n'as aucune patience avec les débutants. Certains voulaient abandonner, après tes insultes.

— Les insultes forgent le caractère. Je leur donne une leçon, en prime.

— Tu es incorrigible, murmura monsieur Landreth. Puis il se tourna vers moi. Sérieusement, Sabine. Tu as été formidable avec ma classe. J'enseigne aux débutants trois soirs par semaine et les samedis après-midi. Choisis les jours qui te conviennent le mieux. Veux-tu de ce travail ?

Je me sentais prise au piège tout en étant flattée. Ce serait épatant de venir ici régulièrement et d'améliorer mes talents. Mais tout cela arrivait trop vite.

— Je dois y réfléchir, répondis-je.

— Pense « oui », insista mon professeur.

— Je vais la convaincre, lui dit Vin avec un clin d'œil.

Il m'entraîna vers les bancs où il m'embêta sans cesse pour que j'accepte l'emploi pendant que nous rangions notre équipement. Puis il m'invita à manger chez Rosetti's Pizza.

Quand il prononça « Rosetti's », je ressentis une forte impression de déjà vu. Non seulement Rosetti's faisait la meilleure pizza, mais c'était l'endroit où notre groupe se réunissait pour être ensemble. Nous nous asseyions à une table du fond, discutions de techniques d'escrime et mangions des pizzas pendant des heures.

Je m'asseyais toujours à côté de Brianne.

— Viens, me pressa Vin, ne me donnant pas la possibilité de refuser.

J'y allai donc avec lui. Ce ne fut qu'une fois que nous avions franchi les doubles portes en bois de Rosetti's qu'il m'apprit que nous ne serions pas seuls. Et, quand je vis trois visages familiers à la table du fond, je m'apprêtai à prendre la fuite rapidement. Mais Vin anticipa ma retraite et para en serrant mon bras fermement pendant qu'il me guidait vers la table.

— Je vais te tuer, lui sifflai-je. Tu savais qu'ils seraient ici.

— Nous venons traîner ici presque tous les samedis.

— Tu m'as tendu un piège.

— Un simple merci suffira, blagua-t-il.

— Tu es mort.

— Je t'aime aussi.

Il rit et me poussa en avant. Vin était très fort. Et j'étais complètement épuisée lorsque je fis face à Alphonso, à Derrick et à sa sœur Jennae.

Mon cœur cognait fort, et je ne savais pas trop quoi dire. Après mon départ de la ville, je croyais ne jamais revoir l'un ou l'autre des membres des Fleurets. Je n'avais eu aucune nouvelle d'eux ; j'avais supposé qu'ils éprouvaient envers moi la même chose que Brianne, et je m'attendais à être autant la bienvenue qu'une poussée d'acné. Je fus donc surprise quand Jennae cria mon nom, puis vola vers moi et m'enlaça jusqu'à m'étouffer. Son frère Derrick s'approcha aussi, souriant largement. Même Alphonso, qui était maigre, grand et timide, me salua d'un sincère :

— Bi-bienvenue chez toi.

— Je suis tellement contente de te voir ! s'exclama Jennae. Tu m'as manqué, Sabine !

— C'est vrai ?

— Tu nous as tous manqué ! Je n'arrive pas à croire que tu es vraiment ici.

— C'est difficile à croire pour moi aussi.

Elle recula d'un pas pour mieux m'observer et je fus émue d'apercevoir des larmes dans ses yeux.

— Tu es plus mince et différente… du genre plus vieux. Mature.

— Il s'est passé beaucoup de choses, admis-je avec un sourire hésitant.

— Eh bien, la maturité te sied. Tu as l'air formidable.

— Merci… Toi aussi.

Je ne disais pas cela simplement par politesse non plus. Jennae avait réellement l'air fantastique ; osseuse et bien proportionnée, avec la peau laiteuse et de longs cheveux lisses couleur cannelle. Elle portait une multitude de rangs de colliers de perles et des vêtements superposés selon un style qui lui était propre. Elle était du genre maternel, et son grand sourire m'enrobait comme une caresse.

— Alors, où étais-tu donc, pendant tout ce temps ? me demanda Derrick.

Il était la version masculine de sa sœur, sauf que ses cheveux courts étaient plus foncés et qu'il avait une tête et treize mois de plus qu'elle. Ils se décrivaient à la blague comme des jumeaux irlandais et ils s'entendaient bien la plupart du temps, mais quand ils se disputaient — attention !

— Je vivais avec ma grand-mère dans sa ferme, répondis-je.

— Dans une ville totalement inculte sans cours d'escrime, ajouta Vin avec un frisson en s'asseyant sur le banc derrière la table. Je ne sais pas comment tu as pu y survivre.

— J'adorais la ferme avec tous ces animaux et les bois, et particulièrement être avec Nona. L'école était sympa — je m'y suis faite beaucoup d'amis.

— Y avait-il une personne chère ? Jennae se pencha vers moi avec intérêt. Par exemple, un petit ami ?

— Ben… ouais.

Je marquai une pause, mal à l'aise d'évoquer d'autres mecs devant Derrick, parce que nous avions eu quelques rendez-vous. Bien sûr, dans un groupe aussi intime que les Fleurets, il était fréquent de voir des couples se former et sortir ensemble. Ça n'avait jamais été sérieux entre Derrick et moi. C'était un de ces garçons qui ne parlent que de voitures, ce qui devenait vite lassant.

— Quel est le nom de ton homme ? insista Jennae, ce qui pendant un moment me rappela Penny-Love, qui voulait toujours tout savoir sur les dernières histoires d'amour.

« Que fait-elle, en ce moment même ? », me demandai-je. Peut-être travaillait-elle dans le bureau de Nona et riait-elle en discutant avec elle des nouveaux clients ? S'amusait-elle sans moi ?

Je levai les yeux et découvris que Jennae, Vin, Alphonso et Derrick attendaient ma réponse. Je dus réfléchir pendant une minute afin de me souvenir de la question.

— Son nom est Josh, leur dis-je. Il a des cheveux foncés et des fossettes. Il est musclé — il aime particulièrement l'athlétisme et le soccer[4].

— Un sportif, hein ? Jennae arqua les sourcils. A-t-il un corps fabuleux ?

— Très séduisant. Je souris. Mais il n'est pas seulement intéressé par le sport. Il fait partie du Conseil des élèves et fait du bénévolat dans les hôpitaux pour remonter le moral des enfants malades.

— Arrête, je t'en prie, demanda Vin en s'éventant. Ce gars-là ne semble pas réel.

— Je n'ai jamais dit qu'il était parfait. Il a des défauts aussi. Il m'a posé un lapin, aujourd'hui.

— L'imbécile ! dit Jennae en fronçant les sourcils.

— Plaque-le, ajouta Vin.

Derrick leva la main pour plaisanter.

— Je suis encore libre.

---

4  Appelé *football* en Europe.

— J'ai déjà donné, je ne recommencerai pas. D'ailleurs, Josh n'avait pas l'intention de me laisser tomber.

Je leur expliquai rapidement l'apprentissage de Josh pour devenir magicien professionnel et pourquoi il ne pouvait pas manquer la merveilleuse occasion d'aujourd'hui.

— Il viendra me voir le week-end prochain.

— Bien, dans ce cas, on lui pardonne, dit Jennae. Tu dois être très malheureuse d'avoir dû le quitter.

— Pas juste lui. Je ne voulais pas quitter Sheridan Valley, mais maman a insisté. Sinon, je ne l'aurais jamais fait, pas après…

Je m'arrêtai. Une amertume que je connaissais bien me remonta à la gorge et il m'était difficile de parler.

— Je comprends. Jennae me tapota le bras pour me réconforter. Et je suis contente de ton retour.

Puis elle m'offrit une part de pizza.

Qui pouvait refuser une pizza triple fromage avec champignons et bacon de Rosetti's ?

Certainement pas moi. Alors, je me détendis et pris plaisir à la pizza et à la conversation. Reprendre mes vieilles habitudes me donnait une impression d'irréalité. Comme si rien n'avait changé, alors qu'en réalité beaucoup de choses n'étaient plus pareilles. Je n'étais plus la même personne qui, sans défense, était restée inerte pendant qu'elle était attaquée par des rumeurs cruelles. J'avais acquis de la confiance et bâti de nouvelles amitiés. Regardant autour de moi, je compris que mes anciens amis avaient changé aussi, de façon subtile.

Je ne participai pas beaucoup à la conversation, préférant écouter et me mettre au diapason de leur aura. Celle de Jennae irradiait comme le soleil parce qu'elle était excitée d'avoir parfaitement réussi un examen difficile et conservé sa moyenne de 4,0 qui lui permettrait de s'inscrire dans une des meilleures universités. L'aura brun orangé de Derrick me fit penser à l'automne, alors qu'il se targuait de ne pas faire d'études supérieures afin de commencer à travailler comme mécanicien dans l'atelier automobile de son oncle. Jennae soutint qu'il avait quand même besoin d'aller à l'université.

— Pour quoi faire ? répliqua-t-il. Pour que j'apprenne davantage de choses, mais que je gagne moins d'argent ?

L'aura brillante aux couleurs de l'arc-en-ciel de Vin s'enflamma quand il prit le parti de Jennae. Il déclara que seul un imbécile choisirait de ne pas aller à l'université, et il fit fuser des statistiques (que je le soupçonnai d'avoir inventées) qui comparaient des emplois d'ouvrier avec ceux d'un employé de bureau.

Avec son aura bleu-vert, Alphonso resta neutre, comme à son habitude. Il ne disait jamais grand-chose à cause de son bégaiement. En revanche, quand il s'emparait d'une épée, c'était comme regarder Clark Kent se transformer en Superman ; le menton levé haut, il bougeait avec assurance et adresse. Je me demandais souvent si son bégaiement était comme les lunettes de Clark Kent : l'accessoire d'un personnage qui cachait sa véritable identité.

Vin, d'un autre côté, ne cachait jamais rien. Il étalait tout ce qu'il était et exprimait son opinion. Après avoir engouffré sa dernière part de pizza, il nous quitta pour commander une pizza géante au pepperoni. Pendant son absence, le badinage entre Jennae et Derrick vira au vinaigre. Ils se disputèrent à propos de qui aurait l'utilisation de la voiture ce soir-là. Ils se lancèrent des insultes que je ne répéterai pas. Puis ils se foudroyèrent du regard et cessèrent totalement de parler.

Je cherchais une façon d'alléger l'atmosphère, quand Alphonso changea avec tact de sujet.

— Hé, Sabine, as-t-tu su où les Fleurets al-allaient donner un spectacle ?

— Non, pas du tout. Raconte-moi cela.

— À une kermesse Renaissance. Nous irons cos-costumés.

Je me tournai vers Jennae.

— À quoi ressemble ton costume ?

— Il est très cool ! Un pantalon ajusté appelé braies et un maillot avec des manches bouffantes et une collerette.

— Amusant ! Et toi, Derrick, iras-tu en costume aussi ?

Il acquiesça, les lèvres serrées, comme s'il n'était pas encore prêt à laisser tomber son combat.

Jennae, en revanche, s'enthousiasmait pour le sujet.

— Le cousin de Vin possède un magasin de costumes et il nous les loue à rabais, expliqua-t-elle. Nous ferons un spectacle avec de fausses épées, puis nous enfilerons nos vêtements protecteurs pour nos vraies démonstrations.

— Je vais faire quelques joutes, ajouta Derrick.

— J'adorerais voir cela, dis-je.

— Alors, viens nous voir, rétorqua Vin en se glissant à côté de moi. Il étira le bras pour placer un numéro de commande en plastique jaune au bout de la table. C'est dans deux semaines.

— S'il te plaît, dis que tu viendras, m'implora Jennae en me décochant un sourire éblouissant.

— Ouais, ajouta son frère. Tu pourras nous applaudir.

— Je peux te procurer un costume aussi, dit Vin pour tenter de me soudoyer. Tu aurais l'air formidable dans des vêtements Renaissance, particulièrement avec des cheveux aussi longs. Il y a plein de choses intéressantes à faire, comme assister à des reconstitutions historiques, à des compétitions de tir à l'arc, et il y aura aussi beaucoup d'excellente nourriture.

— Je ne peux pas, répondis-je en hâte. Je serai occupée avec Josh tous les week-ends.

— Amène-le.

Je secouai résolument la tête.

— Non.

— Pourquoi pas ?

Vin semblait intrigué.

— Ce serait trop étrange. Je veux dire, je ne suis plus avec les Fleurets, maintenant.

— Et alors ? Tu as peut-être quitté l'équipe, mais nous sommes encore tous tes amis.

— Pas tous, fis-je remarquer.

— Que veux-tu dire ? dit Jennae, qui semblait blessée.

— Tu le sais.

Mal à l'aise, je me tortillai sur le banc.

— À vrai dire, non. Vin me regarda d'un air sérieux. Nous nous sommes sentis très mal quand les gens à l'école se payaient ta tête. Puis tu es partie sans laisser de numéro de téléphone ni d'adresse. Ta mère ne voulait pas nous les donner. Brianne a dit que tu l'avais laissée en plan, elle aussi.

— Moi, je l'ai abandonnée *elle* ?

Je tombai presque de mon banc.

— Ce n'est pas le cas ? me demanda Jennae.

— Non. C'est elle qui…

Je m'interrompis.

— Quoi ?

— Rien.

Je haussai les épaules, ne désirant pas faire remonter à la surface cette affreuse période. Quand j'avais vu le nom de Brianne sur la pétition « Renvoyez Sabine de l'école », je n'avais pas continué ma lecture de peur de découvrir d'autres traîtres. Le lendemain, maman avait fait mes valises, et j'avais déménagé chez Nona. J'avais rompu tout lien avec Arcadia High.

Toutefois, je constatais à présent que Vin, Alphonso, Derrick et Jennae n'avaient jamais cessé d'être mes amis. Avais-je été trop prompte à condamner ? Je devais admettre que c'était bon de les revoir. Non que cela changeât quoi que ce soit ; je ne pouvais pas prendre le risque d'être aspirée dans mon ancienne vie. Après le repas, nous irions chacun de notre côté.

Une épaisse pizza au pepperoni fut apportée à notre table, et nous nous jetâmes dessus avec enthousiasme. Je n'arrêtais pas de me penser que je ferais mieux de partir. Ensuite, je me disais qu'il s'agissait de notre dernière fois ensemble, alors pourquoi ne pas rester encore un peu ? J'adorais parler d'escrime. C'était enivrant de discuter de choses comme la lame la plus efficace en compétition, les types de masques qu'on préfère et des injustices d'arbitres partiaux.

Nous discutions de la Compétition nationale quand les regards se posèrent derrière moi. Le silence se fit autour de la table, comme si l'air avait été aspiré. J'entendis un cri étouffé dans mon dos. Pivotant sur mon siège, je vis une mince fille avec des mèches dorées sillonnant ses cheveux bruns courts. Son visage était blême, ses yeux gris écarquillés et sa bouche grande ouverte sous la surprise alors qu'elle me fixait du regard.

Brianne.

# 11

Le visage de Brianne exprimait un tel sentiment d'horreur que je n'ai pas pu m'empêcher
de jeter un coup d'œil pour m'assurer que la
tête de Kip ne flottait pas aux alentours.
Aucun signe du fantôme, quoique l'électricité
dans l'air autour de notre table ait semblé
surnaturelle.

— Oh, mon Dieu ! s'écria Brianne. Sabine ! Je suis restée assise là, assommée.

— Que fais-tu ici ? s'enquit-elle.

— Je m'en allais.

J'ai repoussé ma chaise.

— Non, reste. C'est moi qui pars.

— Ne prends pas cette peine. Je n'aurais jamais dû venir ici.

Elle se tut, mais la fureur dans ses yeux me taillada le cœur. Ses sentiments ne laissaient aucun doute. Elle me détestait.

— Raccompagne-moi à la maison, Vin, déclarai-je d'un ton ferme, mettant mes émotions de côté pour ne pas m'effondrer.

Je ne pouvais pas montrer à Brianne à quel point elle me blessait ; que j'étais à deux doigts de pleurer.

— Mais, Sabine, je n'ai pas fini ma pizza, se plaignit Vin en essuyant un fil de fromage fondu sur son menton.

— Nous ne pouvons pas séparer Vin de sa pizza, dit Jennae en nous lançant son grand sourire éclatant.

Elle tendit la main vers le bras de Brianne.

— Allons, Bree. Je propose qu'on s'asseye et qu'on déguste cette délicieuse pizza.

— J'ai perdu l'appétit, rétorqua Brianne.

— Assieds-toi ici, lui proposa Derrick en désignant du doigt la place la plus éloignée de moi.

Elle secoua la tête.

— Je m'en vais.

— Moi aussi, dis-je.

Je tentai de partir, mais Vin tenait mon bras fermement. Il nous regarda tour à tour et demanda d'un ton calme :

— Qu'y a-t-il, les filles ?

— Rien ! répondîmes-nous de concert.

Gênées, Brianne et moi les avons regardés, avant de détourner les yeux.

— Hou… vive hostilité, conclut Vin. De toute évidence, vous avez des comptes à régler entre vous.

— Pas moi ! rétorqua sèchement Brianne. Je ne vois pas de quoi tu parles.

— Alors, tu n'as rien contre Sabine ?

— Bien sûr que non.

Vin l'observa, l'œil sévère.

— Donc, tu n'as aucune raison d'être pressée de partir, n'est-ce pas, Brianne ?

— Eh bien, je… j'imagine que non.

— Et toi, Sabine ? me demanda-t-il d'un air qui en disait long.

Je levai le menton d'un air faussement désinvolte.

— Pas de problèmes en ce qui me concerne.

— Bon, d'accord.

Brianne repoussa ses cheveux soyeux.

— En revanche, je m'attends à ce qu'il y ait de la pizza plus qu'il n'en faut, parce que je meurs de faim.

— Plonge.

Derrick désigna la table d'un geste, souriant comme s'il ne remarquait pas la façon dont Brianne faisait un grand détour pour prendre un siège à l'opposé du mien.

— Nous aurons assez de pizza pour les autres aussi quand ils arriveront. As-tu eu de leurs nouvelles, Bree ?

— Seulement Tony et Annika. Ils seront ici bientôt.

— Annika ? Qui est-ce ? demandai-je avant d'avoir pu retenir ma langue.

Brianne m'ignora et se versa un verre d'eau. Vin se hâta de répondre.

— Annika s'est jointe aux Fleurets il y a plusieurs mois ; elle a remplacé Tiffany.

Je voulais leur demander qui avait pris ma place. Au lieu de cela, je posai cette question :

— Qu'est-il arrivé à Tiffany ?

— Elle a déménagé dans l'Idaho. Deux frères se sont aussi ajoutés : Izziah et Mark Wyllie. Si une place se libère, tu pourras revenir.

Je secouai la tête avec vigueur.

— Je t'ai déjà dit que je ne reviendrais pas à Arcadia.

Brianne eut un petit sourire satisfait, et je devinai que c'était une bonne nouvelle pour elle. Encore une fois, je m'interrogeai sur ce que j'avais pu faire pour entraîner sa trahison. Nous avions été si proches. Nous partagions tout, et je lui avais confié mes secrets les plus intimes. Je sais qu'elle avait confiance en moi, elle aussi.

Tandis que la conversation déviait sur des gens que je ne connaissais pas, j'ai concentré mon attention sur Brianne. Elle était plus mince et se maquillait davantage que dans mon souvenir. Elle parlait d'un ton faussement joyeux et évitait de regarder dans ma direction. Quand elle s'empara d'un morceau de pizza, je remarquai le tatouage sur son bras. C'était une fée. La douleur me transperça si profondément que je dus détourner les yeux.

N'avions-nous pas discuté tatouage que le printemps dernier ?

— Ma philosophie de la vie est simple, avait déclaré Brianne, la nuit d'un de ces week-ends que nous passions l'une chez l'autre.

La température extérieure était clémente ; nous avions donc installé nos sacs de couchage dans ma cabane construite dans l'arbre. Nous avions des collations, un lecteur CD et des lampes de poche. Rompues de fatigue, nous tenions des propos sans queue ni tête sur la vie, sur l'amour et autres sujets philosophiques.

— Qu'est-ce qu'il y a de simple, dans la vie ? lui avais-je demandé doucement, à moitié endormie, en lui jetant un regard tandis qu'elle était étendue sur le dos, sa lampe de poche dessinant une lune jaune sur le plafond de bois.

— La vie n'est pas simple, c'est ce que je dis. On doit par conséquent trouver du plaisir dans tout et ne pas s'en faire avec des riens. Il suffit de porter un pantalon de jogging tous les jours avec un t-shirt confortable et de se faire tatouer. C'est aussi simple que cela.

— Un tatouage ? Qui représentera quoi ?

— Une fée.

— Cool. Je vais me faire tatouer aussi.

— Nous le ferons ensemble. L'amitié et le bonheur sont les deux choses les plus importantes. Pour combien de temps sommes-nous ici ? Environ soixante-dix à quatre-vingts ans ? Il faut savourer la vie maintenant. Je vais profiter de la mienne en portant des vêtements confortables et un tatouage.

Après cela, elle s'était mise à porter des pantalons de jogging et des t-shirts chinés ordinaires en toute occasion, mais elle promit de m'attendre pour le tatouage.

— Hé, Sabine !

Je levai les yeux et j'aperçus Vin qui claquait des doigts pour attirer mon attention.

— Hein ?

Je clignai les paupières.

— Je t'ai demandé ce que tu avais de nouveau dans ta vie ? À part l'amoureux séduisant, ajouta-t-il avec un clin d'œil.

— Pas grand-chose ; l'école et d'autres trucs.

Les trucs en question comprenaient des prédictions mortelles, des fantômes et des guides spirituels. Bien sûr, je n'ai pas dit cela.

— Et ta nouvelle école ?

— J'sais pas. Probablement un établissement privé. Ma mère a prévu quelque chose.

Et je n'étais *pas* impatiente d'apprendre ce que c'était. La tentative de maman pour me parler ce matin augmentait mon malaise. « S'il vous plaît, faites qu'elle ne me force pas à retourner à Arcadia, pensai-je. N'importe où ailleurs ! »

Vin parla de différentes écoles dans la région, mais mon regard glissa vers Brianne.

Elle ne cherchait pas à cacher qu'elle m'évitait, pourtant personne d'autre ne semblait s'en apercevoir. J'avais une envie folle de crier : « Traîtresse ! » Ensuite, j'exigerais de savoir pourquoi elle s'était retournée contre moi. Enfin, nous avions été plus proches que des sœurs, et je lui avais fait entièrement confiance. Qu'est-ce qui avait mal tourné ?

J'avais très souvent repensé à notre dernière conversation, cherchant l'indice d'un problème à l'horizon, en vain. Nous étions ensemble à écouter de la musique dans sa chambre, comme d'habitude. Elle était d'une humeur exceptionnelle, excitée à l'idée de m'apprendre sa grande nouvelle : Tony, notre aîné d'un an, l'avait invitée au bal des élèves.

— Bien sûr, j'ai dit oui ! avait-elle crié d'une voix perçante. Je pensais devoir attendre d'être en classe de première avant de participer à un bal.

— Mais, Tony ? l'avais-je interrogée. Tu m'as dit que c'était un imbécile aux idées arrêtées doublé d'un macho ? Tu n'aimes pas cet aspect-là de lui.

— Est-ce que j'ai dit que j'étais amoureuse de lui ? Non. Je vais simplement prendre plaisir à danser.

— Le bal des élèves, lui avais-je fait remarquer. C'est assez sérieux.

— Il sait que ce n'est pas sérieux. Ce n'est que pour le plaisir, tu sais, comme lorsque tu es sortie avec Derrick.

— Nous sommes seulement allés au cinéma — ce n'était même pas un bon film — et, quand il m'a embrassée, son haleine empestait l'ail.

— Pas une adepte des vampires ? m'avait-elle demandé, pour plaisanter.

— Vraiment pas une adepte de Derrick. Et c'est mutuel.

— Tout à fait ce que je dis. Je ne suis pas intéressée par Tony non plus. En revanche, j'ai déjà choisi une époustouflante robe rouge sans bretelles. Après m'être follement amusée au bal, je lui dirai simplement que je souhaite que nous soyons des amis et pas autre chose. D'ailleurs, j'ai l'œil sur l'un de ses copains.

J'avais bien vu qu'elle avait fait son choix ; j'avais laissé tomber le sujet. Nous avions ensuite répété des pas de danse devant son miroir en nous moquant de nous-mêmes. Je ne savais pas du tout que ce serait la dernière fois que nous ririons ensemble.

À présent, je serrais les lèvres et fronçais les sourcils en voyant la façon dont Brianne m'ignorait. C'en était assez ! Je n'avais pas besoin d'être insultée de la sorte.

J'allais annoncer que je devais partir, quand j'entendis une voix tapageuse résonner.

— La fête peut commencer, à présent — nous sommes là !

En me retournant, je vis Tony marcher vers la table avec une jolie fille au teint sombre, aux yeux pâles et aux cheveux bruns hérissés. Elle mesurait trente centimètres de moins que Tony, qui, lui, faisait plus de deux mètres. Ils formaient un couple mignon, bien qu'entravés par leur différence de taille.

— Tony et Annika ! Vous voilà ! s'exclama Vin avec un peu trop d'enthousiasme. Qu'est-ce qui vous a retenu ?

— L'entraînement, mec. Et c'était l'enfer, ajouta Tony avec une grimace. Il ne reste qu'une partie avant la fin de la saison, et nous devons la gagner.

— Tu gagneras, dit Annika d'une voix de petite fille, plus douce qu'un murmure.

Le regard qu'elle posa sur Tony brillait d'admiration.

— Bon sang, j'ai faim ! La pizza paraît délicieuse.

Je me déplaçai sur le banc afin que Tony et Annika puissent s'asseoir ensemble. Mais

Tony ne tint pas compte d'Annika et fit le tour de la table. Il alla s'asseoir à côté de Brianne et jeta son bras musclé autour de ses épaules.

— Hé, poupée. Tu es là depuis longtemps ?

— Trop longtemps, sans toi.

Brianne sembla se fondre contre Tony et murmura :

— Tu m'as manqué.

Puis elle leva le menton pour embrasser Tony.

J'ai failli vomir.

# 12

QUAND J'AI MURMURÉ À VIN QUE JE VOULAIS PAR-
tir tout de suite, il a fait semblant de ne
pas m'entendre, et il a gesticulé dans ma direction comme si j'étais le grand prix dans un jeu
télévisé.

— Tony, regarde ça, dit-il, joignant le geste
à la parole. Regarde qui est ici.

— Pas vrai ! Sabine !

Les yeux de Tony s'agrandirent, ainsi que son sourire.

— Qu'est-ce qui peut bien te ramener ici ?

— Moi.

Vin se désigna du doigt avec fierté.

— Je l'ai amenée.

— Contre ma volonté, dis-je comme si c'était une blague.

— Je l'ai trouvée dans la classe de Landreth.

— Tu suis des cours avec Landreth ? me demanda Tony.

J'ai répondu non en même temps que Vin disait oui.

Tony eut l'air de trouver cela amusant, et il donna une claque sur l'épaule de Vin.

— Mec, vous feriez mieux d'accorder vos violons. J'aime mieux entendre la version de Sabine, de toute façon.

Il se tourna vers moi.

— T'es de retour pour de bon ?

Je haussai les épaules, étonnée par l'accueil chaleureux de Tony. Nous n'avions jamais été proches, même si nous nous entendions bien, au sein des Fleurets. Avec sa personnalité dynamique, il était toujours au centre de la fête. Sauf que, moi, je ne suis pas très attirée par la fête.

Il me souriait toujours largement.

— C'est sympa, de te revoir.

— Ah, oui ?

Je ne le croyais pas tout à fait.

— Ben, oui.

D'un geste possessif, il resserra son bras autour de Brianne.

— Tu étais une sacrée escrimeuse, et une amie intime de ma copine. Toi et Bree devez avoir des tas de choses à vous dire.

— Il n'y a pas d'urgence, répondit Brianne d'un ton cassant.

— Une autre fois, ajoutai-je.

— Si Sabine doit partir, nous ne pouvons pas la retenir.

— Et tu sais t'y prendre quand il s'agit de m'inciter à partir, rétorquai-je sèchement.

Brianne pâlit d'un coup. Je me sentis tout de suite coupable de m'en être prise à elle aussi vertement. Une part de moi voulait présenter des excuses et se réconcilier. Mais je me suis rappelé que nous n'étions plus des amies. Elle avait renoncé à ce rôle quand elle avait signé la pétition.

Je saisis donc le bras de Vin avec détermination.

— Nous partons. Maintenant.

Un fil de fromage pendait de sa bouche, et il l'essuya en me regardant avec de gros yeux.

— Mais, je n'ai pas terminé ma pizza.

— Tu en as assez mangé, lui dis-je sans aucune pitié. Et moi aussi.

Ensuite, après avoir salué froidement, j'ai quitté Rosetti's. Je pouvais sentir l'intensité des regards curieux et hostiles dans mon dos.

Pendant le trajet en voiture pour retourner au Centre (là où j'avais laissé la voiture empruntée à maman), je ne dis presque rien. Vin fit de son mieux pour m'encourager à parler, mais j'avais la nausée, comme si j'avais ingéré une substance toxique. Je n'arrivais pas non plus à oublier le regard froid de Brianne posé sur moi. Cela me blessait encore plus que je ne voulais l'admettre.

Quand la voiture s'arrêta à un feu rouge, Vin tendit le bras pour me presser la main.

— Est-ce que ça va, Sabine ?

— Ouais.

— Qu'est-ce qui se passe entre Brianne et toi ? J'ai pensé que vous vous étiez disputées, car elle ne voulait pas parler de toi après ton départ. Mais c'est plus que cela, n'est-ce pas ?

Je haussai les épaules.

— Je ne le sais pas vraiment.

— Comme tu ne savais pas que Kip Hurst allait mourir ?

— Ça n'a rien à voir avec Kip, répliquai-je sèchement.

— Parfait, n'en parle pas. Sois grossière avec le gars qui te sert de chauffeur et t'a offert la meilleure pizza du monde. Je ne suis rien.

— Je n'ai jamais dit que…

— Peu importe.

Le feu passa au vert, et il enfonça lourdement l'accélérateur.

J'avais un début de mal de tête ; je me tournai vers la vitre du passager. J'avais fait une terrible erreur en accompagnant Vin. Qu'avais-je pensé ? Qu'il m'était possible de revenir comme s'il ne s'était rien passé ? Je devais être complètement folle.

C'était impossible de revenir en arrière — particulièrement avec Brianne.

Quand Vin me déposa à ma voiture, je le remerciai de m'avoir raccompagnée. Notre ton était poli, et je lui dis que je le reverrais. Sauf que je n'en avais pas l'intention.

J'avais eu ma première et dernière réunion avec les Fleurets.

Une fois réfugiée dans l'intimité de ma voiture (enfin, celle de maman), je démarrai, sélectionnai une station de radio de rock classique et mis le volume à fond. Je fermai la porte sur mes pensées, mes émotions et mes souvenirs pour me perdre dans la chanson.

Je retrouvai une maison vide. Il n'y avait personne. Maman devait être sortie quelque part avec les filles, et je supposai que papa était au bureau. Dans le silence, mes pensées semblaient hurler.

Je débordais d'énergie nerveuse et je ne savais pas à quoi l'utiliser. Je me rendis donc à ma chambre pour tenter d'entrer en contact avec Opal afin de lui demander conseil. Je fermai les yeux et murmurai son nom. J'attendis encore et encore. Rien. J'essayai même de convoquer le fantôme de Kip. Mon appel resta lettre morte (sans vouloir faire de jeu de mots).

Je vérifiai si j'avais des courriels et, parmi les habituels pourriels, je trouvai une surprise — un message de Thorn ! Je n'avais pas eu de ses nouvelles depuis le jour où elle avait appris que je quittais la ville, et m'avait accusée d'être une trouillarde pour n'avoir pas tenu tête à ma mère et refusé de déménager. Elle avait raison, bien sûr, mais je ne pouvais pas l'admettre. Donc, nous avions cessé de nous adresser la parole, et je m'étais sentie coupable, inquiète à l'idée qu'elle était en colère contre moi. J'ouvris le courriel avec hâte.

Elle ne présentait pas d'excuses (ce n'était pas son genre), mais s'adressait à moi comme d'habitude. Elle était occupée à aider ce type, appelé K.C., qui était sans domicile. Elle lui montrait comment remplir les formulaires pour obtenir un soutien financier et pour qu'on lui nomme un nouveau tuteur. Thorn m'annonçait qu'elle viendrait me voir quand les choses se calmeraient.

Elle terminait son message ainsi : « Tu me manques. Beth ». Ce qui, je le savais, était sa façon de me dire qu'elle était désolée, car aucun de ses amis ne connaissait son vrai prénom. Je l'avais découvert par hasard et avais gagné sa confiance en gardant le secret.

Je parcourus rapidement les autres courriels, puis j'allumai le téléviseur et m'allongeai sur mon lit. Je fis défiler les chaînes, jusqu'à ce que mon choix s'arrête sur MTV.

Mes paupières étaient lourdes et, tout à coup, je me mis à rêver…

*J'étais dans une voiture qui roulait trop vite. Quand j'ai regardé le conducteur plus attentivement, j'ai tressailli, stupéfaite – Kip.*

*Il portait un costume chic, mais sa cravate était abandonnée sur le siège du passager, entortillée dans des pétales de rose écrasés. Il y avait une* impression de fureur intense qui émanait de Kip. Il serrait le volant d'une poigne mortelle. Il avait dépassé le stade de la colère, il jurait pendant que son indicateur de vitesse passait de cent trente à cent quarante, et continuait de monter.

— Ralentis, essayai-je de lui dire.

Il regardait droit devant, donnant un coup sec à droite avec le volant pour éviter une autre voiture. Il leva son poing vers le pare-brise et cria :

— Je dois la rattraper !

Poursuivait-il quelqu'un ? J'essayai de voir à travers les vitres. Je n'apercevais qu'une masse indistincte de lumières provenant des bâtiments et des voitures filant à toute vitesse.

L'indicateur de vitesse se propulsa à plus de cent soixante ; même sans corps physique, je pouvais sentir la forte odeur de l'alcool. À quel point avait-il bu ? Il se comportait comme un dément. Pourquoi était-il si pressé ? Je voyais l'horloge lumineuse sur son tableau de bord, et elle indiquait presque deux heures du matin.

En regardant son costume chic et les fleurs écrasées, j'ai compris de quelle nuit il s'agissait. Puis l'horrible réalité m'apparut. Le bal des élèves — la dernière nuit sur terre de Kip. Il devait avoir raccompagné sa petite amie Aileen.

Mais qu'est-ce qui avait causé sa rage meurtrière ?

*La voiture grimpait loin de la ville et s'enga-geait dans des collines sombres. Mais il continuait, et sa fureur grandissait à chaque kilomètre. La voiture penchait follement dans les virages, manquant chaque fois se renverser. Il n'entendait pas mes cris et n'était pas conscient de ma peur effroyable, comme si nos rôles étaient inversés et que c'était moi le fantôme.*

*— Va au diable ! hurla-t-il subitement, et pendant une minute, j'ai cru qu'il me parlait.*

*Sauf qu'il ne savait même pas que j'étais là.*

*Son aura était sombre et terrifiante. Je voulais fuir, mais j'étais piégée à côté de lui. J'essayai encore de lui parler, le suppliant de s'arrêter ; comme si, d'une façon ou d'une autre, je pouvais changer le cours des choses.*

*Un camion klaxonna et fit une embardée pour éviter Kip. Quant à lui, il se contenta d'accélérer, penché sur le volant, saisi d'une fièvre fatale.*

*La voiture louvoyait plus dangereusement encore, mais Kip ne semblait pas s'en apercevoir. Son visage était pâle comme la mort. Je voulais l'attraper, le forcer à s'arrêter, mais le moment m'échappait et il fonçait rapidement vers l'unique issue possible.*

*Au détour d'un virage, l'arbre apparut devant nous, menaçant. Plus sombre que la nuit, avec ses* branches tordues qui nous faisaient signe comme avec des doigts crochus.

Plus près, plus près, plus près.

Et nous nous écrasâmes contre lui.

# 13

Q<small>UAND JE M'ÉVEILLAI, LA DOUCE LUEUR DE L'AUBE</small>
dessinait des ombres légères dans ma chambre.
Désorientée, pendant un court instant de
malaise je m'attendis à voir l'arbre tordu et une
voiture bonne pour la casse. Au lieu de cela,
ma chambre était paisible. Je me souvenais
avoir laissé le téléviseur allumé. Pourtant, le

silence régnait et la télécommande gisait sur ma commode. Mes vêtements avaient été enlevés du tapis où je les avais laissés.

Qui était entré ici ? Maman ? Elle n'avait pas nettoyé derrière moi depuis que j'étais toute petite fille.

En jetant un œil au réveille-matin, je constatai qu'il était près de sept heures. Malgré mon rêve inquiétant, j'avais dormi toute la nuit.

*Ce n'était pas un rêve ordinaire*, m'informa la voix d'Opal dans ma tête.

— Alors, qu'est-ce que c'était ? lui demandai-je en silence, fermant les yeux pour obtenir une vision plus précise de ma guide spirituelle. Elle portait un turban orné de bijoux, et ses sourcils bruns étaient froncés d'un air grave.

*Un transfert de souvenirs.*

— Ça me paraissait plus réel qu'un souvenir, j'étais dans la voiture avec Kip.

*Ton moi astral a voyagé dans le passé. Tu as provoqué cette expérience en convoquant l'esprit de Kip. Il n'avait pas l'énergie pour venir à toi directement, alors il t'a propulsée dans ses souvenirs. Une fascinante occasion d'apprendre qui devrait t'apporter de nouvelles connaissances.*

— Fascinante ? C'était terrifiant ! J'étais piégée dans la voiture, et elle allait de plus en plus vite jusqu'à ce que nous nous écrasions. C'était pire qu'un cauchemar.

*Ce n'était qu'une illusion, et tu étais totalement en sécurité.*

— Je ne me sentais pas en sécurité, grommelai-je en regroupant les couvertures autour de mes épaules. Et je ne sais toujours pas à qui je dois venir en aide ni pourquoi Kip conduisait si vite. Ne peux-tu pas faire exception à la règle et me le révéler ?

*Je ne suis soumise à aucune règle, comme tu le supposes si naïvement, ni ne suis dans le secret de la connaissance suprême. Ton voyage à travers l'esprit d'une autre personne était un cadeau de ton monde ; un coup d'œil sur le passé. J'aurais espéré que tu éprouves davantage de reconnaissance, au lieu de te plaindre.*

— Je ne me plains pas, rétorquai-je.

*C'est pourtant l'impression que j'ai.*

— Je suis simplement déconcertée.

*Tout comme la peur est un cadeau pour te donner l'énergie dont tu as besoin pour centrer ton attention sur tes dons, la confusion, elle, inspire la curiosité ; elle ouvre la voie à la créativité et attire les idées ingénieuses. Accueille favorablement la confusion et cherche les solutions inventives. Les réponses suivront.*

— Pendant que je joue les hôtesses, que vas-tu faire pour m'aider ?

*Je suis toujours à une pensée de toi, veillant sur toi.*

— Alors, pourquoi ne me réponds-tu pas chaque fois ?

*Quand tu n'entends pas ma réponse, c'est que c'est non.*

— Tu ne m'aides pas.

*Mon rôle est de te guider afin que tu trouves ta propre lumière intérieure.*

Amusée, elle releva sa tête majestueuse.

*D'ailleurs, j'ai une vie bien remplie, avec de nombreux rendez-vous. Je t'en parlerais bien, mais je dois partir. Ma chère amie Lucretia m'attend…*

Puis elle disparut.

Je m'assis dans mon lit et repoussai mes couvertures. C'est fou ce qu'elle m'était utile, cette Opal ! Alors qu'elle s'amusait avec Lucretia, je restais avec mon tas de problèmes. Et je ne savais toujours pas qui je devais aider pour Kip.

Ma première supposition, Leanna, me semblait improbable après avoir vu les souvenirs de Kip. Quelque chose s'était produit lors du bal des élèves ou après. Kip avait été furieux et s'était élancé à la poursuite de quelqu'un. « Je dois la rattraper », avait-il dit.

S'agissait-il de « la » fille à qui il voulait que je vienne en aide ?

Le choix le plus logique était la fille qui l'accompagnait, Aileen. Selon les bulletins de nouvelles, Aileen et Kip s'étaient beaucoup amusés au bal, et tout allait bien quand il l'avait déposée. Mais, dans mon rêve, Kip était loin d'être bien — il était furieux. Lui et Aileen s'étaient-ils disputés ? Aileen l'avait peut-être trompé avec un autre garçon, et Kip l'avait découvert. Fou de jalousie, Kip avait pris le volant de sa voiture et, en cours de route, il en avait perdu la maîtrise.

Quand Aileen avait appris la nouvelle de l'accident, elle avait dû éprouver un fort sentiment de culpabilité. Pas étonnant qu'elle n'ait rien dit à personne.

Était-ce la raison pour laquelle le fantôme de Kip m'apparaissait ? Pour aider Aileen à faire son deuil ? Kip devait l'aimer encore beaucoup, et souhaitait lui faire savoir qu'il se portait bien. Il s'était donc tourné vers la seule personne de sa connaissance capable de communiquer avec l'Autre monde.

Qu'il aille au diable !

Eh bien, il avait contacté la mauvaise personne. J'avais tenté de lui venir en aide une fois, et la responsabilité de sa mort m'était retombée sur les épaules. Si je me présentais à la porte de sa petite amie, celle-ci appellerait probablement la police. Quand les gens apprendraient mon retour en ville, les vieilles rumeurs se répandraient à nouveau.

Même si je m'inscrivais dans une école privée isolée du monde, je ne pourrais pas échapper aux regards des autres très longtemps. Avec le temps, on ferait le lien avec la mort de Kip. Ensuite, une personne en parlerait à une autre et encore à une autre, et ma réputation serait détruite. Je ne pourrais plus aller nulle part sans me faire pointer du doigt.

Transmettre des messages de la part de nos chers disparus n'était pas la bonne façon de passer inaperçue. De plus, je ne pouvais pas venir en aide à une personne qui ne le souhaitait pas. Je ne connaissais même pas Aileen ; elle était plus âgée que moi, et Arcadia High était une grande école. J'avais une idée vague de son identité pour l'avoir vue en photo dans le journal. Toutefois, je ne me souvenais même pas de son nom de famille ; c'était quelque chose qui commençait par « P » ou peut-être « B ». Il me semblait que sa famille était propriétaire d'un restaurant.

Si Aileen souffrait de culpabilité, elle avait besoin d'un psychologue, pas d'une voyante.

Sa santé mentale ne me concernait pas. J'avais suffisamment à faire avec mes propres problèmes, comme le fait que Nona et mes amis me manquaient, sans parler de mon entrée dans une nouvelle école.

Le côté ironique, c'est que maman croyait me faire une faveur en insistant pour que je revienne à San Jose. Comment révéler à ma mère mes véritables sentiments sans avoir l'air d'une égoïste finie ? Maman et moi étions si différentes ; nous nous entendions mieux quand nous ne vivions pas sous le même toit. Si je lui disais que je préférais vivre avec Nona, elle le prendrait pour elle, et notre relation s'en porterait plus mal que jamais.

Donc, je ne dis rien.

Mal à l'aise, je changeai de position dans mon lit et je me rendis compte que je n'avais pas parlé à Nona depuis mon départ. Je m'attendais à ce qu'elle me téléphone, mais elle ne l'avait pas fait. Était-elle trop occupée ? Ou bien sa maladie s'était-elle aggravée ? Je devrais être à ses côtés pour prendre soin d'elle. Si je n'avais pas de ses nouvelles d'ici l'après-midi, je l'appellerais moi-même.

En posant les yeux autour de ma chambre décorée avec goût, je fus submergée par l'envie de retrouver ma chaleureuse chambre au grenier

chez Nona. Plutôt que d'avoir vue sur la circulation et les banlieues, je contemplerais un
paysage mettant en scène la cime verte des
arbres, le ciel bleu et les oiseaux sauvages.

Un grand oiseau brun-roux voltigea à ma
fenêtre, comme si mes pensées étaient magiques.
Je ris doucement de la coïncidence. Puis j'eus
le souffle coupé. Je connaissais cet oiseau !

— Dagger !

Je sautai à bas de mon lit et me hâtai vers
la fenêtre.

Le faucon battait des ailes et me regardait
avec ses yeux sombres et dorés.

— Entre, dis-je en déverrouillant la fenêtre.

Mais il poussa un cri pour signifier son
refus catégorique. Puis, d'un coup de ses ailes
puissantes, il rentra la tête et piqua en flèche
vers le sol. C'est à ce moment que j'ai baissé
les yeux et que j'ai vu une personne qui me
saluait.

Dominic.

Mon cœur fit à son tour des voltiges, et
je regardai avec gêne le maillot froissé que je
portais et mes cheveux blonds emmêlés. Après
des rêves agités, j'étais aussi convaincue d'avoir
besoin d'un peu de maquillage.

Dominic m'adressa un grand sourire. Je
mis un doigt sur mes lèvres pour lui faire com-

prendre que les autres membres de ma famille dormaient encore. Que faisait-il ici au petit matin ? En fait, je ne me souciais pas vraiment de connaître ses raisons ; j'étais si heureuse de le voir que c'en était ridicule. Je me hâtai de sortir dès que je fus coiffée, maquillée et habillée.

Dominic était encore plus beau de près, et je dus me retenir à deux mains pour ne pas lui passer les bras autour du cou. Je me dis que c'était simplement le soulagement de voir quelqu'un venant de Sheridan Valley. J'aurais été tout aussi excitée de voir Penny-Love ou Thorn arriver sur le pas de ma porte. Mais qui croyais-je tromper ?

Je ne parvenais pas à effacer ce sourire niais sur mon visage et, en toute franchise, je n'essayais même pas.

— Que fais-tu ici ? m'enquis-je en serrant mes mains ensemble pour m'empêcher de faire un geste idiot, par exemple, le toucher.

— Je te parle, dit-il.

Dagger décrivit un cercle au-dessus de nous, puis il se posa sur une haute branche comme s'il s'installait à une place de choix pour regarder le spectacle mettant en vedette Dominic et Sabine.

— Je doute que tu aies fait un trajet de deux heures en voiture simplement pour me parler.

Dans ma tête, la vision d'un bijou en argent surgit.

— La breloque manquante ! C'est pour ça. Es-tu sur la piste d'un nouvel indice ?

Il me regarda longuement avant de répondre.

— Ouais.

— C'est formidable ! Je me demandais pourquoi tu étais ici si tôt.

Je souris, tout en étant un peu déçue qu'il soit ici uniquement à cause des breloques. Même si je n'avais pas espéré qu'il fasse un si long trajet dans le seul but de me voir. Ce serait fou. Pas vrai ?

— Je suis désolé si je t'ai tirée de ton sommeil, me dit-il.

— Ce n'est pas le cas.

— J'aurais attendu ton réveil.

— Eh bien… merci.

Je baissai vite les yeux vers la pelouse couverte de rosée.

— Alors, parle. Qu'as-tu découvert ?

— La femme qui possède la dernière breloque vit à Pacific Grove.

— N'est-ce pas près de Monterey ?

— Ouais. Je me rends là-bas.

— M'invites-tu à y aller avec toi ?

Son sourire me défiait.

— Acceptes-tu ?

— Comme si tu pouvais me laisser en plan. Bien sûr que je viens !

— Tu es certaine de ne pas avoir d'autres plans ?

— Rien que je veuille faire, admis-je en pensant à la petite amie de Kip et à la demande d'aide de ce dernier.

— Y a-t-il une chose que tu *veux* faire ? me demanda-t-il d'un air curieux.

— Seulement si je désire que les méchantes rumeurs à mon sujet se propagent encore une fois et si je veux risquer d'être chassée de la ville.

Je plaisantais, mais un déclic se fit dans ma tête. Être chassée de la ville ? Ce n'était pas une mauvaise idée.

Maman m'avait demandé de revenir pour récompenser mon comportement normal. Elle avait supposé que, prenant de la maturité, j'avais abandonné mon intérêt « puéril » pour l'Autre monde parce que j'avais de bons résultats scolaires et un petit ami respectable. Et si elle découvrait que je conversais toujours avec les fantômes et que les anciennes rumeurs se répandaient encore une fois ?

Réponse facile : maman m'expédierait illico chez Nona.

Ce qui était exactement mon souhait.

# 14

Si aider un fantôme pouvait contribuer à mon retour chez Nona, j'étais prête à m'y mettre. Cela signifiait rendre visite à la petite amie de Kip. Quand j'en parlai à Dominic, il offrit de m'y conduire. C'était l'un des aspects formidables de Dominic ; la façon dont il acceptait de rendre service sans poser de questions indiscrètes. Il attendit sur la véranda pendant que je retournais vite dans la maison pour chercher l'adresse d'Aileen. Même si je ne la connaissais pas personnellement, j'avais une idée de la façon de la trouver.

Chercher le vieil article de journal froissé dans le tiroir du bureau plein à craquer de vieux documents scolaires, de lettres et de cartes fut l'affaire d'un instant. En mai dernier, quand je l'avais découpé dans un journal, j'avais eu la prémonition que je quitterais la maison sous peu. J'avais donc enfoui l'article dans un tiroir, puis j'avais sorti mes valises. Ce soir-là, ma mère m'avait annoncé qu'elle m'envoyait vivre avec ma grand-mère. Maman s'était attendue à ce que je discute avec elle ou, du moins, à ce que je sois étonnée ; mais c'est elle qui avait eu le souffle coupé quand elle avait vu mes valises déjà faites.

Recommencer ma vie chez Nona s'était avéré la meilleure chose au monde. À présent, en dépliant l'article de journal, je me mourrais d'envie de retourner à Sheridan Valley. Nous avions besoin l'une de l'autre. Je ferais *n'importe quoi* pour y arriver.

Le titre disait : « La tragédie frappe une vedette du sport local ». M'armant de courage, je parcourus le texte jusqu'à ce que je trouve le nom de la compagne de Kip au bal des élèves.

— Aileen Palendini, murmurai-je, triomphante. Je savais que son nom de famille commençait soit par B soit par P. Et sa famille est propriétaire du Chopsticks Cafe.

J'effectuai une rapide recherche en ligne sur le restaurant et je découvris ses heures d'ouverture, son adresse, et même son menu complet. Malheureusement, il n'y avait aucune information personnelle sur la famille Palendini. Mais le restaurant ouvrait à midi ; je pourrais donc y aller plus tard.

Dès que je sortis de ma chambre, il me vint à l'esprit que je ne devrais pas quitter la maison sans en informer quelqu'un. Non que je m'attende à ce que mes parents s'aperçoivent de mon absence. La plus longue conversation que j'avais eue avec papa depuis mon retour, c'était quand il m'avait demandé si j'avais passé une bonne journée, avant de disparaître dans son cabinet de travail. Et les comités et les rendez-vous de maman la tenaient occupée. Malgré tout, si maman voyait ma chambre vide, elle pourrait réagir de façon excessive et appeler Parents-Secours comme si j'étais une enfant disparue.

Je posai donc une note contre la cafetière, là où j'étais certaine que ma mère la verrait :

> *Sortie avec un ami. Reviens bientôt.*
>
> — *Sabine.*

Puis je me hâtai d'aller rejoindre Dominic dehors.

C'est là que j'ai vu son nouveau pick-up. Un véhicule dernier modèle, étincelant et sentant encore le cuir neuf. Un Dodge quart de tonne à roues jumelées, bordeaux, quatre portes, avec une caisse allongée et des roues chromées. Une grande amélioration par rapport à son ancienne bagnole.

— Ouah ! dis-je doucement.

— Pas mal, hein ?

Il s'appuya avec nonchalance sur la caisse du pick-up, un sourire fier illuminant son visage habituellement sérieux.

J'aurais voulu lui demander comment il pouvait avoir les moyens de se payer un nouveau pick-up avec le salaire d'un homme à tout faire, mais j'avais le pressentiment qu'il ne me le dirait pas. Pour ce que j'en savais, il avait peut-être gagné au loto ou il était l'héritier secret d'un empire prospère. Plus probablement, il l'avait acheté à crédit.

Dominic débita la force du moteur, le kilométrage et d'autres informations sur le véhicule pendant que je montais dedans. Je caressai avec plaisir les sièges en cuir, humant l'odeur piquante caractéristique d'un véhicule neuf. Par la vitre ouverte, j'entendis un cri au-dessus de nous. Je jetai un œil et vis Dagger tournoyant dans les hauteurs de son autoroute céleste.

Dominic surprit mon regard.

— Dagger n'est pas encore habitué au camion.

— Si j'avais des ailes, je volerais aussi, dis-je en bouclant ma ceinture de sécurité. Fini les embouteillages dans la région de la baie. Liberté totale.

— Voler, c'est bon pour les oiseaux ; j'aime mieux conduire ce bébé.

— Typiquement masculin.

Il rit. Nous savions tous les deux qu'il n'était pas si typique.

— Admets-le, dit-il en se penchant vers moi en souriant. Tu aimes mon camion, toi aussi.

— Je n'appellerais pas cela de l'amour, ça ressemblerait davantage à de l'amitié.

— Seulement de l'amitié ? s'enquit-il en levant un sourcil.

— Bien…

Parfois, son regard me rendait nerveuse, et des images de son visage penché sur le mien pendant que nous échangions un baiser affluaient à ma mémoire. Pas des souvenirs que je souhaitais me remémorer.

— Hé, ce camion est extra, mais je ne voudrais pas que Josh soit jaloux.

— Ça m'étonnerait.

— Que veux-tu dire par là ?

— Vaut mieux que tu ne saches pas.

— Tu ne peux pas avoir des reproches à son endroit. Tout ce qu'il fait, c'est épauler les autres, par exemple, en se portant volontaire dans les hôpitaux et en travaillant dans les comités de l'école.

— Un vrai saint, dit Dominic d'un ton qui disait tout autre chose.

Nous naviguions en eaux dangereuses, alors je changeai de sujet.

— Comment va Nona ? lui demandai-je.

— Bien.

Il se détourna de moi pour se concentrer sur la route.

— Je me suis fait du souci en pensant qu'elle travaillait peut-être trop dur.

— C'est ce qui lui réussit. Tu connais ta grand-mère.

— Oui, je la connais. C'est pourquoi je m'inquiète.

J'hésitai avant d'ajouter :

— Si tout va bien, pourquoi ne m'a-t-elle pas téléphoné ?

— As-tu essayé de l'appeler ?

— Eh bien… non.

Je secouai la tête.

— J'attendais qu'elle me téléphone d'abord.

— Peut-être attend-elle aussi — pour te laisser du temps avec ta famille.

— Elle fait partie de ma famille aussi. D'ailleurs, avec une famille de surdoués comme la mienne, j'ai beaucoup trop de temps libre. Je suis habituellement seule, pendant qu'ils sont ailleurs à s'occuper de leurs affaires.

Je ne voulais pas paraître trop pitoyable, alors j'ajoutai :

— Je ne me suis quand même pas ennuyée. Hier, j'ai assisté mon ancien professeur d'escrime avec quelques nouveaux élèves.

— Sympa. J'aimerais apprendre l'escrime.

Il vira à gauche, une main manœuvrant légèrement le volant, et l'autre posée à quelques centimètres de mon siège.

— Ça demande beaucoup d'entraînement, et c'est plus difficile qu'il n'y paraît.

— Alors, enseigne-moi.

— Moi ?

Je m'imaginais en train de poser ma main sur la sienne pour lui montrer comment tenir la poignée de l'épée. Nos bras se toucheraient, je m'appuierais contre son corps ferme… c'était une très mauvaise idée !

Je l'informai donc que je ne donnais pas de cours, puis je passai au livre de remèdes de Nona et à notre recherche pour le retrouver. Les trois breloques en notre possession étaient censées nous fournir des indices sur l'endroit où se trouvait le livre. Mais c'était difficile de trouver une signification vieille d'un siècle au poisson, au chat et à la maison en argent.

— Je pense que le livre est au Nevada en raison de la qualité de l'argent utilisé pour mouler les breloques, déclara Dominic. Ils pourraient représenter une ville. Quelque chose comme l'Anse-aux-Chats ou Val-des-Truites.

— Est-ce que ces endroits existent ?

Il haussa les épaules, ralentissant devant une pancarte qui lui indiquait de céder le passage.

— Je peux vérifier.

— Les breloques forment peut-être un nom ? Peut-être qu'il s'agit d'un homme appelé Sacha de la Poissonnière.

— Ou bien d'un commerce... as-tu déjà entendu parler de ces maisons closes pleines de minettes ?

Mes joues s'enflammèrent et je lui frappai mollement le bras. Je m'enfonçai ensuite dans mon siège en soupirant.

— Ça paraît impossible. Après tout ce temps, Sacha sera redevenu poussière et les maisons auront disparu depuis belle lurette.

— Nous trouverons la dernière breloque, m'assura Dominic. Bientôt.

— Il le faut.

J'essayai de ne pas penser à ce qui se passerait si la maladie de Nona empirait avant que nous ayons découvert le livre de remèdes. Sa mémoire était déjà défaillante. Combien de temps avant qu'elle ne me reconnaisse plus et s'enfonce dans le coma ?

Quand nous quittâmes l'autoroute 101, je demandai à Dominic si je devais consulter la carte.

Il secoua la tête.

— Pas nécessaire.

— Tu connais déjà les indications ?

— Pas besoin.

Je le regardai et, au même instant, une vision de Dominic — jeune, les cheveux blonds et les genoux écorchés en train de poursuivre un gros chien gris à travers des massifs de buissons épais — se superposa à la réalité.

— Vivais-tu ici, auparavant ?

— Sors de ma tête, me dit-il d'un ton plus amusé que fâché.

— Donc, j'ai raison ?

— Tu sais que oui.

— Mais je ne sais pas grand-chose sur toi. Quand as-tu vécu ici ?

— Avant que maman ne tombe malade, nous demeurions à San Juan Baptista.

— Rue Olympia, dis-je sans y penser.

— Tu recommences, dit-il, accusateur.

— Désolée.

En réalité, je ne l'étais pas, car j'étais curieuse à propos du passé de Dominic.

Il parlait rarement de son enfance, et je savais qu'il cachait des secrets bouleversants. Une fois, j'avais établi un lien si intime avec Dominic que j'avais eu une vision effroyable de lui quand il était enfant et qu'un oncle violent l'avait enchaîné dehors comme un animal sauvage. Cela lui donnait une mystérieuse connexion avec les animaux, mais l'éloignait des humains. C'était comme s'il s'entourait d'une clôture en métal sur laquelle étaient accrochées des affiches disant « Accès interdit ».

Pourtant, parfois, j'entrevoyais ce qui se déroulait dans sa tête, ce qui était vraiment étrange, car je ne pouvais pas lire dans les pensées. Des visions, oui. Des rêves prophétiques, oui. Mais lire dans les pensées ? Non. Sauf les aperçus occasionnels quand j'avais un lien étroit avec une personne, par exemple, mes sœurs ou Nona. Alors, pourquoi cela m'arrivait-il avec Dominic aussi ? Peut-être était-ce parce que nous étions tous deux des intuitifs.

Peu de temps après, nous nous engageâmes dans un parc de maisons mobiles de First Street, à plusieurs kilomètres de la mer. Dominic regarda un morceau de papier.

— Bettina Sinclair. La caravane jaune avec les nains de jardin.

En descendant du pick-up, je cherchai Dagger du regard, mais je ne vis que des goélands dans le ciel.

Bettina Sinclair, une femme dans la cinquantaine avec des cheveux sombres fins et clairsemés, me rappela un de ses nains de jardin. Elle était petite, trapue, et elle avait les joues roses. Elle portait des pantoufles en fausse fourrure qui dépassaient d'un poil sous son large paréo bleu aux motifs fleuris. Elle portait même des boucles d'oreille pendantes en forme de champignons.

— Bonjour, dit Dominic en la saluant poliment. Êtes-vous madame Sinclair ?

Elle acquiesça.

— Tu dois être Dominic.

— Oui. Et voici Sabine Rose, la fille dont je vous ai parlé et qui pourrait être une parente éloignée.

Alors que madame Sinclair me regardait, l'étonnement se peignit sur son visage.

— Tes cheveux ! Les histoires sont vraies.

Je me touchai les cheveux gauchement.

— Quelles histoires ? lui demandai-je.

— Celles que mon grand-père m'a racontées à propos de son arrière-grand-mère qui portait la marque des voyantes, une mèche sombre dans ses cheveux blond clair. Comme toi, ajouta-t-elle en s'éventant, le souffle rapide. Quand j'étais petite, ma sœur et moi jouions à la « voyante » en couvrant nos cheveux de poudre, à l'exception d'une seule mèche sombre. J'ai toujours souhaité avoir de beaux cheveux blonds comme les tiens. Bien sûr, cela prouve qu'en effet, nous sommes parents.

Je ne savais pas trop comment réagir. Je me contentai de hocher la tête.

— Sauf que j'ai bien peur que vous n'ayez fait tout ce chemin pour rien, continua la petite femme. Je voulais vous rappeler, mais je n'avais pas de numéro.

— Que voulez-vous dire ? lui demanda Dominic. Vous m'avez dit au téléphone que vous aviez la breloque dans une vieille malle.

— Oui. J'ai hérité des affaires de mon grand-père, y compris de tous les bijoux. Je me souviens vaguement d'une breloque accrochée sur un vieux collier.

— Quelle forme avait-elle ? lui demandai-je avec empressement.

— Alors là…

Elle fit un geste vague de la main.

— Mais elle était vieille et ternie, et je me souviens avoir pensé qu'un bon produit nettoyant pour l'argent ferait briller le métal, et la rendrait très jolie. Sauf que l'occasion ne s'est jamais présentée, et maintenant la malle n'est plus là.

Madame Sinclair leva un peu la main en signe d'excuse.

— D'ailleurs, j'ai un sombre pressentiment quant à la personne qui l'aurait prise.

J'échangeai un regard de surprise avec Dominic.

— J'aurais dû savoir qu'elle tenterait un coup pareil, ajouta-t-elle en frappant du pied avec colère sur le pas de la porte. Cette vache intrigante, cupide et menteuse. Et dire que je lui ai fait confiance !

— Une amie à vous ? supposai-je.

— Pire.

Madame Sinclair fronça les sourcils.

— Ma sœur.

## 15

EN REMONTANT DANS LE PICK-UP DE DOMINIC, j'avais dans la bouche un goût d'air salin et d'amertume.

Madame Sinclair nous avait expliqué que sa sœur aînée Izzabelle estimait qu'on lui avait volé son héritage et que la malle lui appartenait, puisqu'elle était l'aînée.

— Nous n'avons pas beaucoup de contacts, et je me suis demandé pourquoi elle était venue le mois dernier. Maintenant, je le sais, déclara madame Sinclair d'un ton amer.

Puis elle nous informa qu'elle en avait terminé avec sa sœur. Elle paraissait avoir beaucoup de peine ; cela me rappela comment je m'étais sentie quand j'avais découvert la trahison de Brianne.

— Une autre impasse, dis-je alors que nous repartions.

— Ce n'est que partie remise, dit Dominic en me souriant de manière encourageante, actionnant son clignotant pour signaler qu'il s'engageait sur l'autoroute 101. Nous avons l'adresse d'Izzabelle, nous pouvons donc trouver la breloque. À présent, je t'emmène voir ton amie.

— Mon amie ?

Je clignai les paupières.

— Ah, tu dois parler d'Aileen.

— Tu ne veux pas la voir ?

— Mouais. Mais c'est compliqué, ajoutai-je d'un ton dubitatif. Nous ne sommes pas tout à fait des amies.

Cette déclaration ne fit qu'exciter sa curiosité. Comme nous avions beaucoup de temps devant nous pour discuter et qu'il comprenait mon lien avec l'Autre monde, je lui révélai les détails sur Kip. C'était bon de raconter mon histoire à quelqu'un qui ne lèverait pas les yeux au ciel comme si j'étais folle.

— C'est formidable. Tu aides un fantôme, dit-il lorsque j'eus terminé.

— La plupart des gens croiraient que c'est bizarre, pas formidable.

— Est-ce que je suis comme la plupart des gens ?

Il me lança un regard si intense que j'en eus les joues en feu. Je fis comme si mon cœur n'avait pas bondi et haussai les épaules avec désinvolture.

— De toute façon, Aileen ne voudra probablement pas me parler.

— Alors, permets-moi d'aller lui parler d'abord.

— Pour dire quoi ? Excuse-moi, mais j'ai un message de la part de ton petit ami mort ?

— Une façon certaine d'attirer l'attention.

Il gloussa, et je me surpris à penser que Dominic avait déjà *mon* attention. J'aimais être avec lui, converser avec lui, et le regarder. Je remarquai la façon dont les rides autour de ses yeux bleus devenaient plus marquées quand il souriait. Il y avait une minuscule déchirure dans la jambe droite de son jean, peut-être causée par le fil barbelé de la clôture autour du pâturage. Et ce jean le moulait comme un gant.

Il avait une main posée sur le volant, et son regard alternait entre le rétroviseur et moi, s'attardant parfois sur moi. Je me demandais à quoi il songeait, s'il se remémorait cet instant après l'accident de pick-up*, quand il m'avait tenue dans ses bras et murmuré « je t'aime ». Nous n'avions pas parlé de tout cela, parce qu'enfin, ce n'était pas bien. Injuste pour Josh.

Un peu plus tard, nous nous garâmes devant le restaurant Chopsticks. Le stationnement était plein ; un bon signe indiquant que la nourriture y était excellente. Mon estomac gronda, me rappelant que j'avais sauté le repas du midi.

Cependant, la nourriture devrait attendre.

Dominic me salua de la main, puis il disparut à l'intérieur de l'établissement. Je me penchai par la vitre du camion, respirant l'odeur délicieuse de la nourriture. Au-dessus de ma tête, j'entendis un cri et vis que Dagger était de retour. C'était étrange, la façon dont l'oiseau sauvage restait aussi près de Dominic. J'avais du respect pour la connexion qu'avait Dominic avec les animaux sauvages, mais je ne la comprenais pas. Quand je le questionnais à ce

---

* À lire dans le tome 3 de la série Visions, *Boule de cristal*.

sujet, il me donnait toujours des réponses vagues.

Il était sacrément cachottier. J'aurais pu compter les choses que je savais de lui sans utiliser mes dix doigts. Je ne connaissais même pas son nom de famille !

Dominic… qui ? Smith, Miller ou Johnson ? Dominic Smith… Nan, ça ne collait pas. Une chose aussi ordinaire qu'un nom de famille ne devrait pas être un grand secret. Hum… il devait y avoir une façon de le découvrir.

Son pick-up tout neuf ! Dominic avait dû remplir des papiers pour l'enregistrement du véhicule ou autre paperasse. Il n'y avait rien sur le tableau de bord ; j'ouvris donc la boîte à gants d'un petit coup sec. Il y avait un épais manuel pour le propriétaire du véhicule, des serviettes en papier, des lunettes de soleil, un sachet d'amandes et toutes sortes de documents officiels. Juste au moment où je posais la main sur ces papiers, j'entendis qu'on m'appelait, et je vis Dominic qui revenait.

Rapidement, je repoussai les papiers à leur place et rabattis vivement la porte de la boîte à gants. Je me redressai ensuite sur mon siège en souriant d'un air innocent, comme s'il ne s'était rien passé.

— Hé, le saluai-je avec nonchalance. Comment ça s'est passé ?

— Mieux que prévu.

Il ouvrit ma porte brusquement.

— Viens, Sabine.

Je levai les sourcils.

— Où ?

— À l'intérieur. Aileen veut te parler.

— Tu en es sûr ? Elle ne me connaît même pas.

— Elle sait qui tu es. Elle s'est même enthousiasmée quand elle a su que tu étais ici. Elle veut te parler. Seule à seule.

— Mais, pourquoi ?

Je n'arrivais pas tout à fait à en croire mes oreilles.

— Va voir. J'attends ici.

Je me mordis la lèvre, frappée par une forte envie de remonter dans le pick-up et de décamper. Sauf qu'alors, je ne trouverais jamais de réponses. Et j'avais le sentiment que j'étais sur le point d'apprendre un fait important.

« Que peut bien me vouloir Aileen ? », me demandai-je en arrivant devant la porte du restaurant. Nous ne nous étions jamais rencontrées, et j'avais d'elle un souvenir flou.

Notre seul lien, c'était un mort.

* * *

Les queues de cheval d'Aileen étaient main-
tenues en place par des baguettes chinoises en
bois. Menue, elle se déplaçait d'un pas rapide
et bondissant qui me rappelait celui d'un
lapin — un lapin très nerveux. Je remarquai
qu'elle se mordait nerveusement les lèvres, et
elle me fit signe de la rejoindre dans un coin
privé du restaurant. Nous nous sommes assises
face à face à une table en bois recouverte d'une
nappe bordée de franges dorées.

— Heu, tu veux me parler ? m'enquis-je
avec prudence, mes mains serrées déposées
sur la table. À propos de Kip ?

— Ouais… à propos de Kip.

Son aura, grise de désespoir, était comme
une lourde couverture qui m'étouffait.

— Je ne le connaissais pas vraiment, lui
dis-je.

*Du moins, pas de son vivant.*

— Mais tu savais qu'il allait mourir.

— Je n'en étais pas certaine — ce n'était
qu'un rêve.

— Un rêve qui s'est réalisé, dit-elle tristement.

J'acquiesçai d'un air grave. Cette conversation me paraissait irréelle. Je m'étais attendue
à ce que la petite amie de Kip me déteste, mais
elle semblait contente de me voir.

— Tu n'étais que la messagère, c'est tout, dit-elle avec tristesse. J'ai lu sur les voyants et sur les expériences surnaturelles depuis… enfin, tu comprends.

Je hochai la tête, car les mots me manquaient. Je fus submergée par ses vagues de chagrin ; son aura était incolore, composée seulement d'une brume grise maussade.

— Au moins, tu as essayé de lui venir en aide, ce qui est plus que ce que les autres ont fait… y compris moi.

Soudain, elle se leva et tendit la main vers un pichet argenté.

— Veux-tu de l'eau ?

— Non, merci.

Elle s'en versa un verre, et j'eus le sentiment qu'elle cherchait à gagner du temps pour décider de ce qu'elle me dirait. Mais, pourquoi me dire quoi que ce soit ? Pourquoi même me parler ?

— Est-ce que ça va ? m'enquis-je avec douceur.

— Je ne vais pas bien, depuis six mois. Peux-tu croire qu'il nous a quittés depuis si longtemps déjà ? Je pense encore à lui tous les jours. Il était plus que mon petit ami, nous étions des âmes sœurs, et je croyais que nous serions ensemble pour…

La voix lui manqua.

— Pour toujours.

— Je suis désolée.

Elle détourna le regard, but une gorgée d'eau.

— Je souhaite te parler depuis… que c'est arrivé.

— Pourquoi ? murmurai-je.

— Parce que tu as été maltraitée, dans cette affaire. Sauf que pendant un temps, je ne le savais pas. Au début, je n'allais pas bien du tout et j'étais très déprimée, me confia-t-elle. Mes parents craignaient que je fasse quelque chose d'idiot — ce que je n'aurais pas fait —, et ils m'ont fait voir un médecin et prendre des pilules. J'étais tellement mal en point, j'ai pleuré pendant des semaines. Quand j'ai suffisamment recouvré la santé pour retourner à l'école, j'ai appris qu'on t'avait forcée à partir.

— Pas tout à fait forcée. Je suis allée vivre chez ma grand-mère.

— C'était pourtant totalement injuste. J'ai été très malheureuse, quand je l'ai su. Arcadia High est remplie de crétins.

— Ce n'est pas moi qui te contredirai, dis-je avec un sourire ironique.

— Kip aurait été furieux, s'il l'avait su.

— Oh, il le sait, murmurai-je.

En revanche, il ne semblait pas en colère ; plus intéressé par ses propres problèmes. La mort ne l'avait pas changé à ce point-*là*.

Elle se pencha plus près en me scrutant.

— Peux-tu me dire... comment il va ? Je sais que tu es spéciale, que tu sais des choses.

— Je sais peu de choses, sauf qu'il a beaucoup d'affection pour toi.

— Il me manque tellement, dit-elle, les yeux brillants. Tout le monde savait que nous formions un couple, mais personne ne savait que c'était si — tu sais — sérieux. Tu l'as vu, pas vrai ? Il doit donc t'avoir dit que nous étions fiancés.

— Fiancés !

Ma main sursauta et frappa la table, faisant trembler son verre d'eau.

— Mais, tu es trop jeune.

— Pour qui ? L'âge n'a aucune importance, et, d'ailleurs, mes parents étaient fous de lui et très enthousiastes à propos de nos fiançailles. Il n'a pas eu l'occasion de le dire à sa famille. Nous avions l'intention de nous marier après la remise des diplômes, et il économisait pour m'offrir une bague.

Elle marqua une pause, baissant les yeux vers ses mains nues.

— J'allais devenir madame Kip Hurst.

— Je suis tellement désolée.

Ce fut les seules paroles que je pus trouver.

— Ce n'était pas ta faute. Toute cette histoire de pétition était scandaleuse. Je n'arrivais pas à croire ce qui s'était passé. Une de mes amies a essayé de me convaincre de signer, mais j'ai refusé.

— Merci, lui répondis-je avec sincérité.

Comme c'était ironique qu'une inconnue agisse avec davantage de loyauté que l'amie qui me connaissait mieux que tous.

— Les injustices me mettent hors de moi. C'est pourquoi je voulais te parler ; afin que tu saches que je ne faisais pas partie de ces imbéciles. D'ailleurs, si quelqu'un est à blâmer, c'est moi. Elle fronça les sourcils. J'ai déçu Kip.

— Pas du tout. C'était un accident.

— Sauf que je l'ai envoyé à la mort. Elle se calma et pâlit. Je n'ai dit à personne ce qui s'est réellement passé ce soir-là, mais tu as le droit de le savoir.

— Quoi ?

— Que tout était ma… ma faute.

Sa voix se cassa.

— Non, ce ne l'était pas, dis-je en tapotant doucement ses épaules tremblantes. Il allait trop vite, et il a perdu la maîtrise de sa voiture.

— Seulement parce qu'il était contrarié par ce que j'avais fait… ou parce que je ne voulais pas faire.

— De quoi parles-tu ?

Elle prit une profonde respiration, puis la relâcha lentement.

— Ce que tout le monde croit n'est qu'une partie de la vérité. Qu'est-ce que ça pouvait faire, si nous avions bu quelques verres après le bal ? Enfin, qui ne le fait pas ? C'était le soir du bal des élèves, bon Dieu. La plupart de nos amis se rendaient à des fêtes qui dureraient toute la nuit, et nous avions été invités à quelques-unes d'entre elles, mais nous voulions être seuls. Alors, nous ne sommes pas restés pour savoir qui serait élu roi et reine de la promotion. Ce devait être la soirée la plus romantique de ma vie, et j'avais prévu toutes sortes de choses merveilleuses…

Sa voix s'étrangla.

— Personne d'autre que moi ne sait pourquoi Kip conduisait si vite ce soir-là.

Mon cœur s'emballa, mais je conservai une expression calme et l'encourageai à continuer en lui demandant avec bienveillance :

— Que s'est-il passé ?

— D'abord, tu dois comprendre mon contrat.

— Ton contrat ?

Elle parcourut le restaurant du regard pour s'assurer que nous étions tout à fait seules, puis elle murmura :

— Le contrat de chasteté. J'ai fait la promesse de ne pas avoir de relations sexuelles avant le mariage et je l'ai signée devant mon ministre du culte. Tu vois cette bague que je porte sur une chaîne ?

Elle souleva une chaîne en or avec une petite bague blanche qu'elle portait autour du cou.

— Toutes celles qui ont fait la promesse ont reçu une de ces bagues. Elle était sacrée, pour moi, mais Kip croyait que c'était du pipeau.

« Ça lui ressemble », pensai-je.

— Quand nous avons commencé à nous fréquenter, je lui ai parlé de la promesse, et il était d'accord avec cela. Mais quand nous sommes devenus plus intimes... Ses joues prirent une teinte rosée. Eh bien, il me harcelait pour que je rompe mon contrat. J'ai refusé, même si je craignais qu'il me laisse tomber. Il ne l'a pas fait ; il m'a plutôt demandée en mariage. Ç'a été le jour le plus merveilleux de ma vie. Et je voulais lui montrer combien je l'aimais, alors je lui ai promis de déchirer mon contrat le soir du bal.

Je changeai de position sur ma chaise, mal à l'aise et un peu gênée. Néanmoins, seule une catastrophe naturelle aurait pu m'empêcher d'écouter la suite.

— Tout au long de la soirée du bal, je ne cessais pas de penser au contrat ; je me sentais coupable et j'étais incapable de m'amuser. Plus tard, Kip nous a conduits à un hôtel à quelques kilomètres, mais je n'arrivais pas à me convaincre de descendre de la voiture. J'ai paniqué et je ne voulais plus le faire. Il s'est mis hors de lui et il m'a traité de tous les noms. Je pleurais, le suppliant de continuer à m'aimer, mais il n'a rien dit et il m'a raccompagnée à la maison. Puis il est parti à toute vitesse sans me dire au revoir... et je ne l'ai plus jamais revu.

— Oh, Aileen. Tu n'as rien fait de mal.

— Sauf repousser l'amour de ma vie et l'envoyer à sa mort. Voilà la raison pour laquelle c'était mal de t'en rendre responsable. Ce que je veux dire, c'est que c'était moi la coupable.

— C'était Kip, au volant, et c'était lui le coupable. Pas toi. Ni moi. J'ai réglé cet épisode du passé — tu devrais faire de même.

— Comment est-ce possible ?

Elle renifla, ses yeux sombres brillants de larmes.

— Ne comprends-tu pas ? Kip était mon âme sœur. Ma tendre moitié parfaite et le seul garçon qu'il me fallait.

— Tu trouveras quelqu'un d'autre.

— Jamais. J'aimerai toujours Kip.

— Oh, Aileen. Tu ne le penses pas vraiment.

— Si. Je me suis fait la promesse de lui rester fidèle pour toujours.

Elle remit la chaîne à l'intérieur de son haut, puis elle posa ses doigts froids sur ma main.

— Je ne fréquenterai plus jamais personne.

# 16

NE PLUS JAMAIS FRÉQUENTER QUELQU'UN ? J'ESPÉRAIS qu'Aileen n'était pas sérieuse. Et si elle l'était ? Les effets de la mort s'enchaînaient et pouvaient faire du mal à tant de gens. La vie continuait, mais il manquait des pièces.

Je me sentais responsable envers Aileen, alors je ne répétai ses confidences à personne.

Quand Dominic me demanda ce que j'avais appris, je lui répondis uniquement qu'Aileen portait encore le deuil de Kip.

Cependant, une fois seule dans ma chambre, je repensai à ce qu'elle m'avait raconté et je compris un point important. Aileen devait être *la fille* — celle à qui Kip voulait que je vienne en aide. Et, à présent que je l'avais rencontrée, je voulais moi aussi lui être utile. Elle était trop gentille pour continuer à être malheureuse. Je devais la convaincre de sortir et de recommencer à vivre sa vie. Peut-être même à aimer de nouveau.

Je ne savais pas comment j'allais réussir cet exploit, mais je trouverais un moyen, maintenant que je savais pour quelle personne Kip sollicitait mon concours.

Du moins, je croyais le savoir — jusqu'à ce que, quelques heures plus tard, Amy entre dans ma chambre en coup de vent et m'annonce qu'elle avait découvert qui je devais aider pour Kip.

Et ce n'était pas Aileen.

\* \* \*

Amy était assise au bord de mon lit, les jambes repliées sous elle, le corps penché en avant avec enthousiasme. Ses longs cheveux foncés étaient enserrés dans un chouchou violet à l'arrière de sa tête, et elle portait un t-shirt avec le dessin d'une pile de livres écrasant une horloge et l'inscription : tellement de livres, si peu de temps.

— N'es-tu pas excitée par ma découverte ? me demanda-t-elle.

Je ne réussis qu'à hocher faiblement la tête.

— Je savais que tu le serais ! Je voulais te le dire hier soir, mais nous sommes rentrées tard et tu dormais. Puis, ce matin, tu es partie avant mon réveil. Maman tempêtait parce que ta note ne donnait pas beaucoup de détails. Elle a dit que tu devais rester ici jusqu'à son retour de la réunion des auxiliaires de l'église pour que vous ayez une discussion.

— Formidable, dis-je, la gorge serrée.

— Il n'y a pas de quoi fouetter un chat, c'est juste au sujet de l'école.

— C'est ce qui m'inquiète. A-t-elle dit de quelle école il s'agit ?

— Non.

Amy secoua la tête.

— Mais elle semble tout à fait contente, alors ça ne peut pas être mauvais.

— J'espère que non. Donc, parle-moi davantage de Leanna.

— Tu avais raison de t'en méfier.

Je me souvins avoir dit à Amy que le fantôme de Kip avait sollicité mon aide pour une fille inconnue. Au départ, j'avais cru qu'il s'agissait de Leanna. Mais c'était avant de rencontrer Aileen.

Ma jeune sœur s'empressa de s'approcher plus près de moi dans le lit, repoussant une mèche folle qui pendait sur son visage enthousiaste.

— Leanna a un secret.

— Qu'est-ce qui te fait croire cela ?

— Hier, pendant qu'Ashley et moi étions avec la manucure, la mère de Leanna se faisait faire une permanente à quelques sièges des nôtres, et j'ai entendu des trucs importants.

— Tu écoutes aux portes ? dis-je pour la taquiner.

— Et je le fais très bien.

Ma petite sœur hocha la tête avec fierté.

— Qu'as-tu entendu ?

— Madame Hurst parlait fort parce que sa tête était sous le sèche-cheveux, c'était donc facile d'entendre. Une personne lui a demandé comment elle se portait. Elle a répondu qu'elle allait bien, mais que sa fille souffrait encore. C'est le mot qu'elle a utilisé : souffrir.

— Souffrir de quoi ?

Je me penchai vers elle avec impatience.

— Je ne sais pas. Elle est peut-être malade.

— Elle n'avait pas l'air malade. Qu'a dit madame Hurst ensuite ?

— Rien au sujet de Leanna, juste des trucs d'adultes.

Amy donna une chiquenaude sur une mèche délicate pour l'éloigner de son visage.

— Mais je peux fouiner pour le découvrir…

— Ne perds pas ton temps. Je levai la main. Leanna n'est pas la bonne fille.

— Si, c'est elle ! insista Amy. Elle est tellement malade qu'elle va probablement mourir.

— Ce n'est qu'une hypothèse de ta part. J'ai trouvé la fille que Kip veut que j'aide.

— Qui ?

— La petite amie de Kip. Je lui ai parlé, et elle est vraiment mal en point.

Ma sœur serra les lèvres.

— Kip avait probablement des tas de petites amies, mais il n'avait qu'une sœur. Leanna a besoin de notre soutien. Si tu ne l'aides pas, Kip sera très en colère contre toi. Il te hantera pour le reste de tes jours.

— J'en doute. Il a mieux à faire que de rester ici pour me hanter. D'ailleurs, je ne sais pas comment porter secours à Leanna.

— Utilise tes pouvoirs.

— Bien sûr. Pendant que j'y suis, je vais nous débarrasser du réchauffement de la planète, de la pauvreté et de la pollution. Sérieusement, je ne suis qu'un outil de communication — un téléphone a davantage de pouvoir que moi. Je ne sais jamais à quel moment un fantôme ou un esprit entrera en contact avec moi.

— Kip t'a parlé parce que sa sœur a des ennuis, déclara ma sœur avec insistance.

— Pas mon problème.

— Tu dois l'aider.

— Amy, tu es insupportable.

Je soupirai, agacée.

— Supposons que Leanna est la bonne fille — que puis-je faire ?

— C'est ce que je vais découvrir quand j'irai à son…

Amy fut interrompue par un coup sec frappé à ma porte.

— Sabine, es-tu là ? s'enquit ma mère.

— Je te raconterai tout plus tard.

Amy sauta à bas de mon lit, se dirigea vers la porte et l'ouvrit.

— Salut, maman, je dois partir.

Amy disparut dans le couloir pendant que ma mère entrait dans ma chambre d'un pas vif. Elle arborait un air grave et tenait un dossier orange d'apparence menaçante.

— Sabine, nous allons avoir une conversation, dit-elle d'un ton raisonnable. Plus question de te coucher tôt ou de partir en flèche sans me dire où tu vas.

— J'ai laissé un mot.

— Tu appelles cela un mot ? Partie avec un ami ? Quel ami ? Partie où ? Et rien sur l'heure de ton retour.

— Je ne croyais pas que tu y verrais un inconvénient. Tu aurais pu me téléphoner sur mon portable.

— Je l'ai fait.

Elle plissa les yeux.

En vérifiant dans mon sac à main, je découvris que la batterie de mon téléphone était à plat. Oups. J'imagine que j'aurais pu la recharger. Toutefois, presque personne ne connaissait mon numéro de portable ; la plupart de mes amis préféraient envoyer des courriels.

Maman se dirigea à grandes enjambées vers mon bureau et y déposa le dossier orange. Elle était agitée et ne plaisantait pas. Son expression déterminée signifiait des ennuis en perspective ; elle attrapa une chaise, la fit pivoter et s'assit face à moi.

Au lieu de rencontrer son regard, j'observai la façon dont ses mains étaient posées avec élégance l'une sur l'autre. Le diamant sur sa bague de mariage était aussi gros que l'ongle de son pouce, réfléchissant la lumière qui entrait par la fenêtre et jetant mille feux sur le mur. Ses ongles étaient carrés et manucurés à la française. Sa peau était légèrement plus foncée et moins douce que la mienne. Et il y avait une minuscule cicatrice sur sa jointure droite, trace d'une blessure qu'elle s'était infligée quand elle et mon père jouaient en couple au tennis.

— Sabine ! me dit-elle avec sévérité. M'accorderais-tu ton attention ? Il est important que nous discutions de tes études.

« Piégée, sans échappatoire, cette fois », songeai-je en combattant la panique qui montait en moi. Je scrutai l'épais dossier orange et vis mon propre nom écrit sur le rabat. Des formulaires d'inscription pour ma nouvelle école. (Ou bien pour mon ancienne école ?) Je ferais aussi bien de découvrir les plans de ma mère — même si elle finissait par détruire ma vie.

— D'accord, parle, déclarai-je sur le ton d'un condamné à mort qui voudrait savoir combien de jours il lui reste. Est-ce que je vais fréquenter une école privée ?

Maman secoua la tête ; ses cheveux ondulés étaient coiffés avec tellement de soin qu'ils ne bougèrent pas.

— J'ai fait des recherches sur les écoles privées, mais je n'en ai pas trouvé de convenable.

— Eh bien, je ne retourne PAS à Arcadia High ! m'exclamai-je en sautant sur mes pieds et en croisant les bras sur ma poitrine. Pas question. Jamais ! Si c'est ce que tu vas dire, je ne veux pas l'entendre.

— Pourrais-tu t'asseoir et agir avec maturité ? me demanda-t-elle de cette voix calme qui me donnait envie de lui lancer quelque chose.

Ne réalisait-elle pas que c'est de ma vie que nous discutions ? Elle ne pouvait pas décider seule sans m'en parler. Je n'avais pas dix ans comme mes sœurs, j'étais presque une adulte. J'avais le droit de choisir ma propre école. J'avais fait un gros sacrifice pour revenir à la maison avec elle, et c'était ainsi qu'elle me remerciait ? En me renvoyant dans une école où l'on m'avait fuie, insultée et ignorée ?

Je m'apprêtais à saisir ma valise quand maman déposa sa main sur mon bras.

— Sabine, pourrais-tu, je t'en prie, écouter sans sauter aux mauvaises conclusions ?

— Mauvaises ?

Je reniflai.

— Tu as dit qu'il ne s'agissait pas d'une école privée, et l'école publique la plus proche, c'est Arcadia High.

— Je ne te laisserai jamais retourner à cette école d'esprits bornés.

— Non ?

Si je n'avais pas déjà été assise, je serais tombée sur le derrière.

— Alors, à quelle école est-ce que j'irai ?

— Aucune.

— Quoi ?

Je la regardai, sous le choc.

— C'est toi qui vas me faire la classe ?

— Moi ? Dieu m'en garde ! Même si j'en avais le temps, je n'en aurais pas la patience. Elle eut un petit rire. Je ne crois pas que l'une ou l'autre y survivrait.

— D'accord, alors pas Arcadia High, dis-je en faisant le décompte sur mes doigts. Pas d'école privée. Pas d'école à la maison. Ça doit signifier que j'abandonne les études.

— Ha, ha.

Pas du tout amusée, elle fronça les sourcils.

— Alors ? Que reste-t-il ?

Maman me remit le dossier orange et dit :
— Ouvre-le.

Inquiète, j'ouvris le dossier et en tirai des tonnes de papiers. Des devoirs de français, d'arithmétique, d'espagnol, etc. ; tous venaient de professeurs dont je reconnus le nom.

— Ce sont *mes* professeurs ! De Sheridan High.

— Tout à fait.

Maman acquiesça.

— Je ne comprends pas, dis-je, le front plissé.

— Tu y arriverais si tu écoutais.

— J'écoute.

— J'ai évalué toutes les options et j'ai conclu que, changer d'école au milieu du semestre, ce serait trop perturbateur pour toi. J'ai donc pris des dispositions afin que tu puisses étudier par toi-même.

— Pas de nouvelle école ?

— Tu n'iras pas à l'école du tout. Jusqu'à ce que le semestre soit terminé et que je puisse prendre de meilleures dispositions, tu es encore une élève de Sheridan High.

## 17

JE CÉLÉBRAI LA FORMIDABLE NOUVELLE DE MAMAN
par des coups de fil.

D'abord, Nona ; mais c'est son répondeur
qui s'enclencha, et je laissai un message.

Puis je téléphonai à Josh. Nous bavar-
dâmes plus d'une heure. Quand je lui eus
parlé de mon programme d'élève autonome,

il me raconta ce qu'il y avait de nouveau dans sa vie. Même de petites choses, comme aller au centre commercial pour acheter de nouvelles chaussures de sport, paraissaient amusantes quand c'était Josh qui en parlait. Il avait un don pour faire la conversation et établir des liens avec les gens. S'il changeait d'avis sur le fait de devenir magicien, il ferait un excellent politicien. Son sourire de tombeur pourrait, à lui seul, lui assurer la victoire. Pendant qu'il me relatait en détail le bain qu'il avait donné à son chien (baptisé « Cheval »), je songeais à la chance que j'avais d'avoir un amoureux si amusant et si honnête. Souhaiter davantage aurait été de la folie.

— Cheval était couvert de savon. Il a couru dans le couloir et a sauté sur les genoux de papa, continuait Josh. Maman était pliée en deux tellement elle riait de papa — jusqu'à ce qu'il coure vers elle et se secoue, l'aspergeant à son tour de mousse.

— Tes parents ont dû en perdre les pédales.

— Nan. Ils ont trouvé ça drôle aussi. Papa m'a même donné un coup de main pour ramener Cheval de force dans la salle de bain.

— Tu as de la chance d'avoir des parents aussi décontractés. Ma mère aurait sauté au plafond. Elle ne permet aucun animal dans sa maison, sauf les poissons.

— Ta mère n'est pas si mal. Je l'ai bien aimée, quand je l'ai rencontrée à l'anniversaire de tes sœurs.

— Elle t'a aimé aussi.

— Donc, elle a bon goût, dit-il d'un ton moqueur. Je sais que tu ne t'entends pas toujours bien avec elle…

— C'est peu dire.

— Mais, elle s'inquiète pour toi. Tu dois lui accorder le mérite de t'avoir organisé des études autonomes.

— Bon… d'accord. C'est sympathique.

— J'ai des nouvelles formidables aussi, ajouta Josh en baissant la voix. Une occasion en or avec mon mentor. Je voudrais t'en dire plus, mais Arturo m'a fait jurer le secret. Et la discrétion est au cœur de la magie sur scène.

La touche de mystère et d'excitation dans sa voix amplifia ma curiosité. Je n'avais pas l'intention « d'écouter aux portes » en jouant les télépathes, mais j'eus tout à coup une vision d'une pièce avec une longue table drapée d'un tissu doré. Il y avait des bougies allumées et des types en costume noir distribuant des cartes, mais pas comme dans les parties de poker jouées par Nona et ses amis. Il s'agissait peut-être de cartes de tarot, mais elles ne ressemblaient en rien à celles que j'avais pu voir jusqu'ici. Elles étaient noires et portaient des symboles dorés de poignards, d'araignées et de gargouilles. Bizarre et à donner la chair de poule. Je frissonnai, sentant les forces du mal. Pourtant, c'était impossible, pas vrai ? Josh ne faisait que des trucs de magie plutôt ringards.

Je haussai les épaules pour chasser ces images, et nous poursuivîmes notre conversation encore un peu. Avant de raccrocher, Josh promit de venir me voir le samedi suivant.

— Je jure sur les grosses pattes poilues de Cheval que je n'annulerai pas.

Je riais encore quand j'ai appelé Penny-Love, mais elle n'en remarqua rien. Avant même que j'aie pu dire « allô », elle me félicita à propos du programme d'études autonomes. « Je rêve ou elle est voyante ? », me dis-je avant de rire de moi-même quand elle m'expliqua qu'elle en avait entendu parler par l'un de ses frères, qui lui avait une petite amie, qui elle avait une sœur, dont le cousin travaillait au service d'administration de l'école.

— Youpi ! se réjouit Penny-Love. C'est comme si nous allions toujours à l'école ensemble !

— Sauf que tu vas être en compagnie de nos amis, alors que moi j'étudierai seule.

— Ce n'est donc pas la situation parfaite, mais au moins tu termineras tes travaux à temps, me taquina-t-elle. D'ailleurs, tu ne seras pas si seule. Nous pourrons faire nos devoirs ensemble.

— Mouais, dis-je, dubitative. Tout ce que j'ai à faire, c'est de sauter dans la voiture de maman et de faire cent soixante kilomètres pour conjuguer des verbes.

— Je voulais dire étudier ensemble en ligne ou par téléphone.

— Oh. Ça pourrait fonctionner, bien que ce ne soit pas la même chose, soupirai-je. Tout ce que je veux, c'est revenir vivre là-bas.

— Est-ce que tes parents accepteraient ?

— J'y travaille. Si je fais quelque chose de scandaleux et qui fait honte à maman, elle ne voudra plus de ma présence ici. Dans ce cas, elle me chasserait de nouveau.

— Alors, fais un scandale subito presto et ramène ton méchant cul ici, dit Penny-Love pour rire. Quoique je ne t'imagine pas capable de faire quelque chose de vraiment abominable.

— Je pourrais te surprendre.

Je ne pouvais pas en dire plus sans révéler que j'étais voyante et que, récemment, j'avais parlé au fantôme du gars à qui j'avais prédit la mort. J'aimais que Penny-Love me croie normale.

Je me contentai donc de lui raconter que j'avais passé du temps avec d'anciens amis qui n'avaient pas l'approbation de ma mère, et c'était en grande partie la vérité. Quand j'avais commencé l'école, maman m'avait fait la leçon sur l'importance de participer à des activités parascolaires. Elle m'avait suggéré de me joindre à l'orchestre de l'école (malgré le fait que je ne savais jouer d'aucun instrument). Quand je l'avais par la suite informée que je m'étais inscrite au club d'escrime, cela ne lui avait pas plu. « Trop violent », avait-elle tranché. J'avais tenté de lui expliquer les bienfaits artistiques et mentaux de l'escrime, mais cela ne l'avait pas intéressée.

Chaque fois que papa et mes sœurs assistaient à une démonstration des Fleurets, maman était toujours occupée. Hasard ? Sûrement pas. Je ne répondrais jamais aux attentes de ma mère, alors, pourquoi essayer ?

— Eh bien, j'espère que tu reviendras bientôt, disait Penny-Love.

— C'est mon objectif. Je vais faire une telle honte à maman qu'elle fera mes valises elle-même.

Penny-Love éclata d'un rire sonore.

— Ta présence me manque, et aussi à Nona.

Je marquai une pause, puis demandai :

— Comment va Nona ?

— Bien… la plupart du temps, en tout cas… oh, ma deuxième ligne sonne. Ça doit être Jacques. T'ai-je dit à quel point il est merveilleux ?

— À peine un trillion de fois. Mais, parle-moi de Nona ?

— Aucune inquiétude à avoir. Tout le monde pourrait prendre des tomates cerises pour des fraises. Elle va bien, je t'assure. J'dois y aller !

Puis la ligne fut coupée.

Je fixai le téléphone, submergée par l'inquié-tude. Nona avait-elle mis des tomates cerises dans une tarte ou des fraises dans une salade ? Avait-elle des trous de mémoire plus souvent qu'avant ?

Vite, je composai le numéro de Nona, mais j'obtins de nouveau le répondeur. Frustrée, je laissai un message, puis je tricotai en attendant qu'elle rappelle.

Mais elle ne rappela pas.

* * *

Le lendemain matin, mon premier geste fut de téléphoner à Nona encore une fois ; je laissai presque tomber le téléphone de soulagement quand elle répondit.

— Nona ! J'étais tellement inquiète, pourquoi n'as-tu pas rappelé ?

— Je l'ai fait, répliqua-t-elle.

— Quand ?

J'essayé de m'en souvenir, sans succès.

— Tu ne t'en souviens-tu pas, Sabine ? Tu m'as tout raconté à propos de la nuit que tu avais passée chez une amie.

— La nuit chez une amie ? Je me frottai le front, déboussolée. Est-ce qu'il m'en manque des bouts ?

— Des bouts de sommeil, peut-être. Elle rit. Ça ne doit pas être confortable de dormir dans une cabane dans un arbre. Mais toi et ton amie semblez y prendre plaisir.

— Mon amie ? Quelle amie ?

— Me fais-tu marcher ? Tu n'as qu'*une* meilleure amie : Brianne.

— Brianne ?

D'un coup, j'eus la bouche sèche et la nausée.

— Une si gentille fille, et si pleine de cran ! Il n'y a rien que cette fille n'essaierait au moins une fois, comme quand elle a suspendu une corde entre le garage et la maison, et qu'elle a marché sur la corde raide. Au lieu de crier, elle a ri quand elle est tombée et qu'elle a atterri dans les arbustes d'azalées. Elle me rappelle moi au même âge.

— Mais, Nona…

Je pris une profonde respiration.

— Brianne n'est plus mon amie.

— Vous avez eu une prise de bec ?

— Plus de six mois se sont écoulés depuis que je suis allée dormir chez elle. Penny-Love est ma plus proche amie, à présent. Et je ne t'ai pas parlé, hier. J'ai laissé un message sur ton répondeur, mais tu ne m'as jamais rappelée.

— Je vois.

Ces simples mots résonnaient de honte.

— Ça va, Nona, l'assurai-je.

— Non, ça ne va pas. Il y eut un silence pénible. Mes pensées sont un peu emmêlées. Je crois que je vais aller m'allonger.

— Tu ne devrais pas être seule, dis-je avec fermeté. Je vais immédiatement informer maman que tu as besoin de moi, et je reviens vivre chez toi.

— Ne sois pas ridicule. Je suis loin d'être seule. À travers une fenêtre, je vois Dominic apportant du foin aux chevaux, et Penny-Love viendra ici après l'école. D'ailleurs, n'est-ce pas aujourd'hui ta première journée d'études autonomes ?

— Oui, admis-je, étonnée de constater avec quelle rapidité elle redevenait elle-même.

Elle se souvenait même de Penny-Love.

— Alors, tu devrais commencer tes travaux, m'ordonna-t-elle. Je te reparlerai plus tard. Au revoir, chérie.

Un clic signalant la fin de la communication retentit dans mon oreille.

Je restai assise sur mon lit, fixant la pièce remplie d'objets de mon enfance. Un fauteuil poire, une licorne toute molle en peluche que papa avait gagnée pour moi à une foire du comté, une boîte à bijoux en satin brodé remplie de bijoux de fantaisie que j'avais l'habitude de partager avec Brianne et une étagère de « tasses de thé du monde » que ma grand-mère Rose m'offrait à chaque anniversaire. De petits fragments de souvenirs qui me définissaient.

Nona serait-elle encore Nona quand ses souvenirs s'effaceraient ?

Elle avait fait bonne figure, chassant mes inquiétudes du revers de la main, mais il était évident qu'elle se détériorait. Je fus tentée de téléphoner à Dominic ou à Penny-Love et de leur parler de la plus récente perte de mémoire de Nona. Sauf que la fierté dans la voix de ma grand-mère continuait de résonner à mes oreilles, et je devais respecter sa dignité.

Par ailleurs, je devais aussi commencer l'école.

\* \* \*

Me préparer pour l'école n'avait jamais été plus facile. Je passai un t-shirt confortable, un pantalon de jogging et des pantoufles en peluche. Pas de maquillage, pas de tracas à propos de mes cheveux, des vêtements à enfiler, et pas de petit-déjeuner avalé en vitesse. Pas de professeurs ni d'autres élèves. Juste moi.

Ma famille partait tôt, j'étais donc seule à la maison. Dans la cuisine, j'allumai la radio et sélectionnai une station de hip-hop, poussai le volume à fond et mangeai des céréales froides en guise de petit-déjeuner. Puis je m'attaquai à mon paquet de papiers et de manuels.

« Que faire en premier », songeai-je. Je jetai un œil à ma liste de travaux et décidai de procéder comme si j'étais à Sheridan High et d'y travailler dans le même ordre que lorsque je suivais les cours. Sauf que le français venait en premier et que je n'étais pas d'humeur à lire *Gatsby le magnifique*. Je me versai donc un deuxième bol de céréales croustillantes à la cannelle et regardai un jeu télévisé. Cela me rappelait quand j'étais une gamine et que je restais à la maison avec maman quand j'étais malade, avant qu'elle ait une vie mondaine active, lorsqu'elle travaillait à temps partiel. Nous regardions des jeux télévisés et devinions les réponses. Parfois, je connaissais les réponses avant que la question soit posée.

Sans que je m'en rende compte, deux heures avaient passé, et je n'avais encore terminé aucun de mes travaux. Les études autonomes ne seraient pas aussi faciles que je l'avais pensé. Je devais retrouver mon sérieux et arrêter de perdre mon temps.

Je feuilletai donc mes travaux encore une fois. Je résolus même quelques problèmes de mathématiques, sauf que je n'étais pas certaine de les faire correctement et que je les mis de côté pour plus tard. Je n'étais pas encore prête à m'attaquer à *Gatsby*, et mon devoir de sciences exigeait que je ramasse des spécimens d'insectes morts.

— Je sais ce que je peux faire ! Je fis claquer mes doigts et refermai sèchement mes manuels. Je suis censée procéder comme si j'étais à l'école et, chaque lundi, j'aide Manny avec sa chronique de Manny le voyant.

C'est là que je réalisai que je me parlais à moi-même. Parler à des esprits — et même à des fantômes —, ça pouvait aller, mais me parler à moi-même, c'était un pas vers la folie.

Quelques instants plus tard, j'avais quelques prédictions pour Manny.

*Les gauchers rencontreront la personne faite pour eux.*

*Lundi est une bonne journée pour des occasions d'affaires.*

*La couleur de la semaine est le violet, et les chiffres dix et deux sont gagnants.*

Ensuite, je choisis au hasard un élève dans l'annuaire de l'école pour la chronique « Votre vie dans dix ans ». Un élève de première nommé Austin Charles. Il obtiendrait une bourse de l'université de la côte Est, mais il changerait sa matière d'études principale à mi-chemin ; il deviendrait stagiaire dans une firme d'architectes et rencontrerait sa femme dans une fête de bureau. Je vis l'ombre d'un problème de santé devant lui, mais je ne le mentionnai pas dans la chronique que j'envoyai à Manny par courriel.

— Hé, sœurette ! Attends que je t'apprenne ce que j'ai fait aujourd'hui ! s'exclama Amy, sac à dos à la main, quand elle apparut dans le cadre de porte de ma chambre. Et pourquoi portes-tu des pantoufles et une chemise de nuit ? Tu ne t'es pas habillée ?

— Oups. Je crois bien que j'ai oublié. Je baissai les yeux. J'ai été occupée.

— À faire des devoirs ?

— Hé bien... en quelque sorte.

J'évitai de regarder ma pile de travaux à faire. À l'exception de quelques problèmes de mathématiques, je n'avais rien fait. Et je ne croyais pas « qu'inventer » des visions psychiques pour le journal de l'école impressionnerait beaucoup mes professeurs.

— Attends que je te raconte ma journée.

Le sourire fendu jusqu'aux oreilles, Amy se laissa choir sur une chaise à côté de moi.

— Devine où je vais, ce soir.

Je haussai les épaules.

— Où ?

— J'ai dit « devine ».

— Je n'en ai aucune idée. Dis-le-moi, c'est tout.

— Chez Leanna.

— La sœur de Kip ! Mais, je pensais qu'elle n'invitait jamais personne chez elle. Je plissai le front. Comment l'as-tu convaincue de changer d'avis ?

— Elle n'a pas changé d'avis. Sa mère m'a invitée.

Amy poursuivit son explication en m'apprenant que la mère de Leanna était dans sa classe comme parent volontaire ce jour-là et qu'elles avaient eu l'occasion de discuter.

— Je savais que Leanna avait obtenu un C en orthographe, alors que j'avais eu un A. Je lui ai donc dit que je pouvais l'aider à étudier. Avant d'avoir pu dire « ouf », madame Hurst m'invitait chez elle et m'offrait même de me payer comme une vraie professeure particulière.

— Formidable. Je levai les pouces. Alors, quand commences-tu ?

— Après le dîner. Je vais l'aider, comme Kip l'a demandé.

— C'est Aileen qui a besoin d'aide, dis-je pour la corriger. Pas Leanna.

Les longs cheveux sombres d'Amy bougèrent en bruissant doucement quand elle secoua la tête.

— C'est ce que tu crois.

— C'est ce que je sais. Kip n'a pas utilisé toute son énergie pour venir ici simplement pour aider sa sœur à améliorer ses notes.

— Pourquoi pas ?

— Simplement parce que c'est ainsi que les esprits fonctionnent.

— Pourquoi tu fais toujours comme si tu savais tout et que moi je ne savais rien ? me demanda Amy, ses yeux bleus lançant des éclairs. Tu es exactement comme Ashley et maman ; tu ne prends jamais ce que je dis au sérieux. N'es-tu pas intéressée par ce que je pense ?

— Bien sûr.

— Mais, tu ne crois rien de ce que je dis.

— Je sais que tu ne mentirais pas. J'ai simplement une opinion différente.

— Différente signifie que tu crois que j'ai tort. Eh bien, c'est toi qui as tort.

Elle me fusilla du regard.

— Et je vais le prouver !

# 18

LA MAUVAISE HUMEUR EST TOXIQUE ET SE RÉPAND comme de la moisissure nauséabonde.

Environ une heure plus tard, je faisais réchauffer une lasagne congelée dans le four à micro-ondes quand l'ouragan Ashley s'abattit sur la cuisine. Amy la suivait, l'air misérable.

— Sabine, où est maman ? me demanda Ashley, envoyant valser ses longs cheveux sombres par-dessus son épaule et regardant autour d'elle. Je veux lui dire ce qui se passe. Amy vient juste de m'apprendre qu'elle était invitée chez Leanna. C'est injuste !

Je haussai les épaules, lui faisant signe que j'avais la bouche pleine de lasagnes. Je mâchai lentement afin d'éviter de me mêler de la situation. Je fis semblant de ne pas remarquer le regard qu'Amy me lança et qui disait « aide-moi ».

— Ashley, il n'y a pas de quoi s'énerver, insista Amy. Je vais simplement donner des cours particuliers à Leanna.

— Alors, je veux faire la même chose aussi.

— Tu es nulle en orthographe. Tu n'as obtenu qu'un C au dernier examen.

— C plus !

— Peux-tu épeler « curieux, opposé, réflexion ou sommation » ?

— Ce n'est pas important. J'y vais quand même avec toi.

— Tu n'as pas été invitée.

— Leanna est *ma* meilleure amie !

— Alors, pourquoi est-ce qu'elle ne t'a jamais invitée, *toi*, chez elle ?

— Peut-être que la maison est en désordre et sent mauvais. Ça ne me dérange même pas, je veux simplement y aller. Pas question que tu y ailles et pas moi.

Je me dis qu'Ashley agissait comme une sale gosse gâtée, mais je savais néanmoins qu'il valait mieux ne pas prendre parti. Du reste, je me sentais un peu coupable et me demandais si je n'étais pas en partie responsable du fait qu'Ashley n'était pas la bienvenue dans la maison de sa meilleure amie. Je gardai donc le silence et restai assise à la table, à manger mes lasagnes.

En revanche, maman est arrivée quelques minutes plus tard, et elle avait beaucoup de choses à dire sur le sujet. Elle était remplie d'indignation, comme si elle avait été insultée personnellement. Peu après, elle était au téléphone avec madame Hurst. Quand elle raccrocha, elle avait l'air triomphant et annonça que tout le monde allait chez Leanna.

Bien sûr, « tout le monde » ne m'incluait pas, et personne ne suggéra que j'y aille aussi. Je comprenais pourquoi, mais je me sentais pourtant comme Cendrillon qu'on abandonne à la maison pendant que ses sœurs vont au bal.

Quelques instants plus tard, elles partirent. Papa était encore au bureau (comme d'habitude).

Je pensai que c'était très ironique que maman m'eût demandé de revenir à la maison pour faire partie de notre famille. Mais quelle famille ? J'étais seule ici ; abandonnée sur une île qu'on appelait un foyer.

Désœuvrée, je fouillai dans le congélateur jusqu'à ce que je découvre un carton de glace à la vanille française. Je résistais habituellement à l'envie de manger mes émotions, mais en ce moment je m'en fichais. Je m'installai donc au salon dans un fauteuil en cuir à dossier réglable, changeant sans cesse de chaîne à la télévision, incapable de faire un choix. La maison semblait grande et vide quand il n'y avait personne. Je ne me sentais jamais seule chez Nona, même quand elle était absente.

« Et Dominic est toujours tout près, lui aussi », pensai-je. Là, malgré la glace froide dans ma bouche, je sentis la chaleur se propager en moi. Je fermai rapidement la porte à ce type de pensées.

Je savais que je devrais faire mes travaux scolaires. Mais je commençai à penser à Kip, ayant l'impression qu'il était près de moi, même si je ne le voyais pas. « Son énergie faiblit-elle ? », me demandai-je.

Il m'avait transmis son message. À présent, il suffisait de le comprendre.

Malgré la théorie d'Amy à propos de Leanna, j'étais certaine que Kip voulait que j'aide Aileen. Elle ne serait jamais heureuse si elle ne faisait pas le deuil de sa mort. Elle avait besoin d'un nouvel amoureux dans sa vie ; un garçon qui n'allait pas la demander en mariage uniquement pour qu'elle rompe son contrat de chasteté. Parce que j'étais convaincue que c'était ce qu'avait fait Kip.

Alors, comment aider Aileen ?

Comment était-ce possible pour moi de trouver le bon gars pour elle ? J'étais loin d'être une experte de l'amour, à voir la façon dont je m'embourbais dans ma propre relation sentimentale sous des tonnes de pensées confuses. Je devais obtenir les conseils d'une professionnelle.

Heureusement, j'en connaissais une.

— Bien sûr !

Je fis claquer mes doigts.

— Fusion des âmes sœurs.

Appeler pour connaître des trucs de marieuse serait utile à deux choses : me renseigner sur Nona, et aider Aileen. Demander l'assistance de Nona me fournirait aussi une excuse (sans blesser son orgueil) de vérifier si elle allait bien. J'étais toujours inquiète à la suite de la récente perte de mémoire de Nona. Comment pouvait-elle croire que Brianne était toujours ma meilleure amie ? C'était comme si son cerveau avait subi un court-circuit, lui faisant croire qu'elle vivait dans le passé.

Avant que j'aie pu appeler ma grand-mère, le téléphone sonna.

Pas Nona, je le savais en tendant la main vers l'appareil. Quelqu'un plus âgé que moi et que je respectais, une personne en position d'autorité, un professeur…

— Bonjour, Sabine, me salua monsieur Landreth.

Je sus tout de suite de quoi il s'agissait et j'éclatai presque de rire en constatant la persévérance de mon ancien professeur. Il était déterminé à me voir reprendre l'escrime en m'amenant à l'assister avec sa classe de débutants. Cet emploi signifiait gérer des enfants agaçants comme Kevin et aussi répondre à des questions de base à répétition. Cela demanderait de la patience à revendre.

J'écoutai tandis que mon professeur énumérait les raisons pour lesquelles je devrais travailler pour lui. Il me dit que j'étais une personne responsable, obligeante et talentueuse. Il m'offrit même un salaire très attrayant pour me tenter. Je le laissai parler pendant un court instant, prenant plaisir aux compliments. Il donnait l'impression que je lui ferais une énorme faveur en acceptant d'être son assistante quelques heures par semaine.

En réalité, c'était lui qui me rendait service.

Je jetai un coup d'œil sur la pièce vide, silencieuse à l'exception du ronronnement du frigo. Je fis la grimace en voyant l'épais dossier rempli de travaux scolaires. Je n'étais pas — mais là, pas du tout — d'humeur à faire des devoirs. J'avais besoin d'être entourée de gens, de rester active, afin d'oublier mes problèmes et de faire quelque chose d'intéressant.

J'acceptai donc l'offre d'emploi.

Je ne savais pas du tout que je venais de me placer entre les pattes du danger et que, dès ce soir, une chose horrible allait se produire.

# 19

DANS UN DES COINS DE LA PIÈCE, LES DÉBUTANTS parés de leurs encombrants habits de protection en toile s'alignaient contre le mur et agitaient des sabres. C'est sur eux que je devais concentrer mon intérêt, mais mon attention s'égarait sans cesse vers le groupe d'élite à l'autre bout de la pièce.

Quand j'arrivai et que je vis les membres des Fleurets à l'entraînement, je pris un air indifférent, comme si je les avais à peine remarqués. Je saluai Vin d'un signe nonchalant de la main. Il leva son sabre et cria :

— Hé, Sabine !

Je lui rendis son signe de la main, contente qu'il ne soit plus en colère contre moi pour ne pas avoir répondu à ses questions à propos de Brianne. Même si, en fait, je ne connaissais pas les réponses. Je ne savais pas du tout ce qui se passait avec cette fille. La façon dont elle jouait à Docteur Jekyll et Mister Hyde me laissait complètement perplexe. Avant la mort de Kip, nous avions été si proches, puis, tout à coup, elle me détestait sans aucune raison évidente.

« Tant pis pour Brianne », me dis-je. Mais sa trahison me faisait encore terriblement souffrir, et mon regard glissa dans sa direction.

« Va au diable, de toute façon ! » songeai-je avec colère quand je l'aperçus à l'autre extrémité de la pièce. Si elle n'avait pas signé cette pétition, je ferais encore partie des Fleurets. J'aurais pu supporter les rumeurs cruelles et même affronter ma mère si j'avais eu le soutien de Brianne. Toutefois, quand elle s'était retournée contre moi, j'avais perdu l'intérêt de me battre. La vraie raison pour laquelle j'avais quitté la ville et recommencé ma vie ailleurs, ce n'était pas les rumeurs, mais le fait que j'avais perdu ma meilleure amie.

Même vêtue de son lourd attirail protecteur, elle paraissait plus fragile que dans mon souvenir. Mais c'était encore une escrimeuse au style intrépide et agressif. Elle préférait attaquer, prenant rarement la position défensive. D'une certaine façon, cela faisait d'elle une adversaire plus facile à déjouer, car je pouvais deviner ce qu'elle allait faire. En escrime, en tout cas. Pas quand il était question d'amitié.

Les mouvements de Brianne s'étaient améliorés, tellement que je me demandais si je pourrais encore gagner contre elle. Elle avait développé de meilleures défenses, faisant un pas de côté et reculant, alors que je m'attendais à la voir s'élancer en avant. Elle jouait avec intensité, avançant vers son opposant — Tony — comme si elle combattait dans une bataille pour la vie ou la mort.

D'autres membres des Fleurets s'étaient jumelés pour s'entraîner. Vin faisait équipe avec Alphonso, Jennae avec un garçon portant une queue de cheval ; je ne le reconnus pas, toutefois, il ressemblait tellement à l'adversaire de Derrick que je supposai qu'ils étaient frères.

Il y avait une grande fille aux cheveux auburn qui restait à l'écart, et je me demandai s'il s'agissait d'Annika.

J'entendis quelqu'un m'appeler et me tournai pour découvrir monsieur Landreth qui avançait vers moi. Un petit garçon le suivait, et je poussai un grognement quand je reconnus le sourire de sale peste de Kevin.

Une fois le cours commencé, je fis de mon mieux pour ignorer l'escrime de haut niveau qui se pratiquait au fond de la pièce pendant que je travaillais la base avec les débutants. Le meilleur moment fut quand monsieur Landreth et moi fîmes équipe pour une courte démonstration. Les débutants applaudirent, de toute évidence impressionnés, ce qui renforça ma confiance.

Ensuite, je travaillai avec les élèves un à un, leur apprenant la manière de tenir le sabre, de plier les genoux et les mouvements d'attaque et de recul. Une femme semblait craindre son sabre, alors je me piquai le bras avec le bout arrondi pour lui prouver que ce n'était pas douloureux. Une fille plus jeune que moi de quelques années essayait continuellement de faire tourner son sabre comme un bâton de majorette, jusqu'à ce que je menace de lui retirer. Et un homme plus âgé se plaignit que son gant était trop serré. Il y avait aussi Kevin l'hyperactif, qui me pressait de questions et n'attendait pas les réponses. Je réussis à conserver mon calme, fière de constater que j'avais beaucoup de patience. Et avec Kevin, j'avais fortement besoin de sang-froid !

Quand sonna l'heure de notre première pause de dix minutes, Kevin laissa tomber son épée et son masque près du mur, puis il s'élança derrière moi comme un chiot plein d'énergie.

Je m'assis à la table où j'avais laissé ma bouteille de thé glacé. Je tournai le dos à Kevin, espérant qu'il comprendrait le message. Au lieu de cela, il contourna la table et vint s'asseoir à côté de moi.

— Yo, Sabine.

— Kevin, c'est ma pause repos, lui dis-je.

— Est-ce que je peux porter ton gant ? me demanda-t-il. Comment se fait-il que le tien soit violet alors que le mien est rouge ? Où t'es-tu procuré ce masque dernier cri ? Est-il coûteux ? Mon masque n'est pas brillant comme le tien.

— Tu utilises de l'équipement loué sans que cela te coûte un sou, sois donc reconnaissant pour ce que tu as.

— Puis-je louer ton masque ?

— Non, répondis-je d'un ton ferme.

— Ton gant épatant ?

— Non.

— Veux-tu être ma partenaire ?

— N'est-ce pas Marsha, ta partenaire ?

— Elle a trébuché et s'est mise en colère contre moi.

— Pourquoi était-elle fâchée contre toi ?

— J'ai attaché ses lacets ensemble.

Je faillis prononcer des paroles regrettables. Au lieu de cela, je bus une gorgée de thé glacé et priai pour avoir de la patience. C'était seulement un petit garçon, et lui crier dessus me ferait peut-être du bien, mais ce ne serait pas très mature.

— S'il te plaît, s'il te plaît, sois ma partenaire ! insista-t-il.

— Bon, d'accord. Mais plus questions d'attacher les lacets de chaussures, lui ordonnai-je avec fermeté.

Puis, avant qu'il n'ait la possibilité de poser d'autres questions, je me rendis dans le seul endroit où je savais qu'il ne me suivrait pas : les toilettes.

Lorsque je poussai la porte pour entrer, quelqu'un la poussait pour sortir. Je reculai, et la porte s'ouvrit. Et là, devant moi, la dernière personne que je m'attendais à voir.

Brianne avait l'air encore plus secouée que moi.

— Que fais-tu ici, me dit-elle, le souffle coupé.

— Je crois que c'est évident, répondis-je avec calme.

Mais je n'étais pas sereine du tout, et j'eus besoin de toute mon énergie pour agir avec naturel. Depuis six mois, j'avais imaginé plusieurs fois cette scène en repassant chacune des remarques pleines d'esprit et sarcastiques que je pourrais lui faire. Sauf qu'à présent, je ne pouvais même pas me souvenir d'une seule. Et, déloyale, une part de moi était en fait contente de voir mon ancienne meilleure amie.

Elle, cependant, n'était pas du tout heureuse.

— Tu me suis, m'accusa-t-elle.

— Je te suis ?

J'étais si abasourdie par sa réaction que je pouvais à peine parler.

— Quelle idée ! Je ne savais pas du tout que tu serais aux toilettes.

— Tu mens ! Je sais que tu m'observes. Chaque fois que j'ai levé les yeux, tu me fixais, comme si tu essayais de lire dans mes pensées. Arrête ça !

— Brianne, tu es paranoïaque.

— Laisse-moi tranquille.

Plutôt que de ressentir de la colère, j'eus pitié d'elle. Elle n'était pas la Brianne sûre d'elle-même que j'avais connue. Que lui était-il arrivé ?

— Brianne, est-ce que ça va ?

Elle ne répondit pas. Au lieu de cela, son regard balaya la pièce, comme si elle cherchait une issue. J'avais l'impression étrange qu'elle avait peur de moi. Une barrière d'énergie instable s'éleva entre nous. Pendant un instant figé dans le temps, nous sommes restées là sans rien dire. Et, dans son aura brun doré, je sentis le regret. Était-elle désolée de la façon dont elle m'avait traitée ? S'ennuyait-elle de l'amitié intime que nous avions partagée ?

— Y a-t-il quelque chose que tu aimerais me dire ? insistai-je.

— Non ! Je dois retourner auprès de Tony, dit-elle en me regardant dans les yeux. Il va se demander pourquoi c'est si long.

— Et moi, je me demande ce que tu fais avec lui.

— N'est-ce pas évident ?

Elle leva ses épaules en signe de défi.

— C'est mon petit ami.

— Mais, la dernière chose que tu m'as dite, c'est qu'il ne t'intéressait pas.

— Je suis très intéressée. Il est fou de moi, et il me traite comme une princesse.

Je me forçai à sourire.

— Eh bien, c'est formidable. Je suis heureuse pour toi.

— Alors, pourquoi affiches-tu ce sourire faux ?

Je cessai de sourire, étonnée qu'elle puisse encore voir si bien en moi.

— C'est simplement que je n'avais jamais réalisé que Tony était ton type. Il manque un peu de raffinement.

— Il est parfait pour moi, et nous nous entendons très bien.

— C'était notre cas, avant, dis-je avec tristesse. Que s'est-il passé ?

Elle baissa les yeux, sa main serrant la poignée de la porte au point de faire blanchir ses jointures, mais elle ne répondit pas.

— Tu étais mon amie… ma meilleure amie.

Mes mots n'étaient qu'un murmure de douleur.

— Dis-moi juste… pourquoi ?

Son regard se voila et elle secoua la tête.

— En plus, tu t'es fait tatouer sans moi… notre tatouage de fée.

— Je n'avais pas besoin de ta permission.

Son ton se fit plus coupant, et elle me lança un regard furieux.

— Mêle-toi de ce qui te regarde, Sabine. Je suis sérieuse — reste en dehors de ma vie, ou tu le regretteras.

Elle tendit la main vers la porte, mais je ne pouvais pas la laisser partir. Une voix dans ma tête m'ordonnait « parle-lui » et j'eus un sentiment d'extrême urgence. J'attrapai son bras, mes doigts s'enfonçant dans sa veste de toile.

— Lâche-moi !

Elle secoua brusquement son bras et le posa contre son cœur comme si mon contact l'avait brûlée. Avec un regard chargé de colère, elle tira avec son autre bras sur la porte pour l'ouvrir et claqua la porte derrière elle en sortant.

Je pouvais entendre la voix d'Opal dans ma tête qui me disait de la suivre.

*Elle a mal… elle a besoin de toi,* insistait ma guide spirituelle.

« Elle me déteste », lui répondis-je en pensée.

*La haine est une émotion à double tranchant.*

— Je ne peux pas la forcer à discuter avec moi.

*Tu mets des barrières à tes propres capacités et ne réalises pas ton potentiel de découverte.*

— J'en ai suffisamment découvert. J'abandonne.

Il y eut un soupir, et je voyais bien qu'Opal avait abandonné tout espoir en moi aussi.

« C'est aussi bien », me dis-je. Je n'ai pas besoin d'une personne toxique comme Brianne dans ma vie. J'avais été stupide de m'ouvrir à elle, comme un grand brûlé qui se précipite de nouveau dans le feu. J'aurais dû m'éloigner sans dire un mot.

Pourtant, il y avait eu un moment — une brève lueur de l'ancien tandem Brianne-Sabine. L'avais-je imaginé ? Je ne le croyais pas. Néanmoins, à présent que c'était terminé, je n'en étais plus aussi certaine. Et quelle importance à présent ?

En soupirant, je retournai à la table, m'assis et sirotai mon thé glacé en promenant mon regard dans la pièce. Je vis que Kevin avait changé de cible et bondissait partout autour de monsieur Landreth. La pause était presque terminée et Alphonso, Derrick et Vin retournaient à leur place. Brianne était déjà là avec Tony, lui souriant comme s'il était le garçon de ses rêves plutôt qu'un sportif macho. Elle se tenait sur la pointe des pieds pour passer ses bras autour de ses solides épaules. Il se pencha et lui planta un baiser mouillé sur la bouche, ce qui m'apparut vulgaire étant donné qu'il y avait des enfants présents. Mais le tendre couple ne semblait pas s'en soucier.

Ouais, Brianne s'en fichait. De moi, en tout cas — et je devais l'accepter.

Les observer me laissait un goût amer dans la bouche, ou bien c'était le thé glacé qui ne l'était plus assez. La pause prit fin et Kevin courut vers moi.

— Tu es ma partenaire, me rappela-t-il.

Je grognai, puis lui dit de remettre son masque et de prendre son sabre.

Je surpris le regard de monsieur Landreth près de nous, et il leva les pouces dans ma direction. Puis Kevin revint en agitant son sabre autour de lui.

— Tiens-toi sur la ligne, lui dis-je. Et dépose ton sabre jusqu'à ce que je dise « prêt ».

Étonnamment, il fit ce que je lui demandais.

Je reculai ensuite et me plaçai face à lui.

— Lève ton poignet plus haut et plie davantage tes genoux.

Il hocha la tête, plia les genoux et leva le poignet.

— Beaucoup mieux, dis-je en guise d'approbation.

— Alors, je peux attaquer, maintenant ? me demanda-t-il avec un peu trop d'enthousiasme.

— Bientôt.

J'ajustai mon masque afin de me protéger le visage, pliai les genoux et levai mon sabre.

— Prêt ? En garde.

Puis je m'avançai avec l'intention d'attaquer, afin de montrer à Kevin comment se défendre. Sauf que Kevin se précipita en avant en oubliant de lever son sabre de façon à ce qu'il pointe vers le bas.

— Lève ton… commençai-je, mais Kevin agita son sabre comme un fou, et je sentis une piqûre à la jambe.

— Je suis désolé ! cria Kevin en lâchant son sabre, qui tomba avec fracas sur le sol.

Je commençai à dire que j'allais bien, qu'il ne pouvait pas vraiment me blesser avec un sabre à la pointe arrondie, mais j'avais une sensation de piqûre brûlante à la jambe. Quand je baissai les yeux vers mon pantalon gris d'escrime, je vis une déchirure irrégulière dans le tissu.

Et quelque chose de rouge s'égoutta de ma jambe.

Du sang.

# 20

KEVIN FONDIT EN LARMES ET ME SUPPLIA DE NE PAS
être en colère contre lui.

— Je ne voulais pas faire ça, affirma-t-il en
sanglotant.

— Je sais, dis-je en me penchant pour cou-
vrir l'écoulement de sang avec ma main

dégantée. Va prévenir monsieur Landreth. Vite !

Kevin lâcha son sabre et partit en trombe.

Ma jambe me brûlait, sans pour autant que cela soit très douloureux ; j'étais surtout étonnée. La pointe des sabres loués était toujours émoussée. Or, quand j'examinai le sabre de Kevin, je constatai que la lame avait été brisée et aiguisée.

Cette pointe était à présent teintée de mon sang.

Comment était-ce possible ? Mon ancien professeur avait toujours vérifié l'équipement plutôt deux fois qu'une afin de s'assurer qu'il était totalement sûr. En pratiquant l'escrime, je n'avais subi que de légères blessures se limitant à des ecchymoses et à des muscles déchirés.

— Quel est le problème, Sabine ? s'enquit monsieur Landreth en s'approchant.

Son regard s'agrandit en se posant sur ma jambe.

— Oh, mon Dieu !

— Je l'ai coupée, déclara Kevin en pleurant. Mais c'était un accident. Vraiment.

— Bien sûr que oui, le rassurai-je alors que le sang coulait entre mes doigts. Pendant que je vais nettoyer cela, regardez le sabre de Kevin. D'accord ? Quelque chose ne va pas.

— Il n'y a aucun doute là-dessus, déclara monsieur Landreth en tendant la main vers le sabre de Kevin. Pendant qu'il inspectait la lame, il fronça les sourcils, mais nous ne pouvions pas parler, car les élèves se rassemblaient autour de nous.

Quelques membres des Fleurets remarquèrent aussi le brouhaha. Jennae s'approcha et laissa échapper un cri perçant en voyant ma blessure, puis elle me poussa vers les toilettes. Elle fouilla dans l'armoire à pharmacie jusqu'à ce qu'elle trouve un antiseptique ; elle m'aida ensuite à nettoyer et à panser ma blessure.

— Est-ce que ça fait mal ? me demanda-t-elle en refermant la boîte de bandages.

— Pas beaucoup.

— Comment se fait-il que tu n'aies pas remarqué que Kevin avait un sabre aiguisé ?

— Tout est arrivé tellement vite. J'imagine que je n'étais pas attentive.

— Pourquoi, alors, l'équipement n'a-t-il pas été vérifié ? Monsieur Landreth est habituellement très prudent.

— Kevin s'est probablement amusé avec le sabre et il l'a endommagé. Et ce n'est pas la seule chose endommagée.

Je regardai d'un air triste ma culotte d'escrime favorite. Pour nettoyer ma blessure, nous avions dû la déchirer. Résultat, les deux jambes étaient inégales ; l'une s'étirait jusqu'à ma cheville alors que l'autre, en lambeaux, s'arrêtait à mon genou.

— Tu l'avais commandée sur mesure aux Créations Le Sabre, non ? me demanda Jennae.

— Ouais ; et elle m'allait parfaitement, répondis-je dans un soupir. À présent, elle est fichue.

— Le mauvais sort te poursuit. Toutes ces rumeurs à l'école voulant que tu aies des pouvoirs étranges qui auraient causé l'accident de voiture de ce joueur de football, suivies de ton expulsion. Je n'y ai pas cru, bien entendu, mais les événements n'arrivent pas sans raison ; on dirait que le destin voulait te dire quelque chose.

Il y avait une note bizarre dans sa voix, et je me raidis.

— Comme quoi ?

— Je ne sais pas…

— Qu'essaies-tu tant de me dire ?

— Eh bien… peut-être que tu n'aurais pas dû revenir.

Elle haussa les épaules.

— Enfin, je crois que c'est formidable de t'avoir ici, et j'adorerais que tu fasses de nouveau partie des Fleurets. Mais cela en vaut-il la peine, si des trucs fâcheux se produisent ? Je ne veux pas qu'il t'arrive du mal.

— Il ne m'arrivera rien.

— Je l'espère.

Repoussant la frange qui tombait sur ses yeux graves, elle fronça les sourcils en voyant ma jambe.

— Sois prudente, et surveille tes arrières.

Sans crier gare, elle pivota et sortit des toilettes.

Je la suivis en la regardant traverser la pièce pour rejoindre Annika, la nouvelle fille. L'air absorbé, elles chuchotaient. De temps à autre, Annika me jetait des coups d'œil.

Je me retournai afin de ne pas être surprise en train de les fixer, et je m'avançai vers l'aire d'entraînement des débutants. Le cours était interrompu et je remarquai Kevin assis à l'écart sur une chaise pliante. Les épaules affaissées de chagrin, il fixait le sol. Je m'apprêtais à aller le voir pour lui parler, quand monsieur Landreth me demanda de le suivre dans son bureau.

— Sabine, dit-il d'un ton grave.

Son front se plissa pendant qu'il regardait le sabre entre ses mains.

— Il n'y a pas de mots pour exprimer combien je suis profondément désolé de ce qui t'est arrivé. J'en prends toute la responsabilité.

— Je vais bien. Vraiment, dis-je pour le rassurer.

— Tu vois cette marque ?

Il fit pivoter le sabre et pointa un X tracé à la peinture rouge sur la poignée.

— Ce sabre a été mis de côté dans une armoire avec d'autres pièces d'équipement défectueuses. Je ne l'aurais jamais prêté aux élèves.

— Comment Kevin l'a-t-il eu ?

— Ça me dépasse. Lorsque je lui ai posé la question, il m'a dit qu'il ne s'agissait pas de son sabre habituel. Il semble croire que quelqu'un a pris le sien alors qu'il était en pause, mais il est plus probable qu'il s'est emparé du mauvais sabre par erreur.

Il secoua la tête avec une mine sombre.

— Cependant, comment se fait-il que ce sabre ait été sorti de l'armoire ?

— Quelqu'un a dû le prendre par erreur.

— Les erreurs sont inacceptables. Je vais enquêter là-dessus et aller au fond de cette affaire, dit monsieur Landreth, une ride lui barrant le front.

Puis il me dit de rentrer chez moi en promettant de me payer toutes les heures prévues. Je rétorquai que je pouvais rester jusqu'à la fin du cours, mais il me déclara qu'il voulait s'assurer que je rentre en sécurité.

— En sécurité ? Je levai les yeux au ciel. Ce n'est qu'une coupure. Ce n'est pas grave.

— C'est grave pour moi. Fais-moi plaisir : laisse tes amis de te raccompagner chez toi.

— Mes amis ?

Pendant un bref instant de confusion, je pensai à Penny-Love, à Josh et à Dominic. Mais ils étaient aussi loin qu'une vie antérieure.

Monsieur Landreth ouvrit la porte et fit entrer Vin et Alphonso. Ils avaient remis leurs vêtements de ville ; Vin était vêtu d'une chemise en soie rayée par-dessus un t-shirt bleu, avec un jean en denim noir, et Alphonso avait enfilé un jean ample avec un t-shirt noir imprimé d'un dragon rouge.

— Est-il nécessaire que tu en fasses autant pour attirer l'attention ? me demanda Vin en blaguant à moitié, tout en agitant le doigt vers moi.

— Ce n'était pas mon idée.

— Est-ce que ça fait mal ?

— Pas vraiment. Et ça ne saigne plus ; vous n'avez donc pas besoin de me materner. Retournez vous entraîner.

— Nous nous sommes assez entraînés, déclara Vin. Nous reviendrons ici chaque soir, cette semaine, afin d'être prêts pour notre contrat de samedi à la kermesse Renaissance. Viendras-tu nous voir ?

— J'peux pas. J'ai déjà des projets avec mon petit ami.

J'étais contente de pouvoir répondre la vérité pour décliner l'invitation. Regarder les Fleurets plutôt que de me produire avec eux serait étrange.

Alphonso fit quelques pas avec ses énormes chaussures de sport.

— A-amène-le.

— Peut-être une autre fois, dis-je d'un ton vague.

Je ne voulais pas du tout que Josh rencontre mes anciens amis.

Vin se pencha et saisit prestement mon équipement.

— Allons-y.

— Je peux porter mon sac. Est-ce que j'ai l'air d'avoir les bras cassés ? Arrête de me traiter comme une invalide.

— Impossible, me taquina Vin. Ça m'a manqué, de t'en faire baver.

J'aurais dû être agacée, mais Vin avait le cœur à la bonne place. Et la gentillesse d'Alphonso transparaissait à travers ses gestes, sinon ses mots. Je ne leur ferais pas cet aveu, mais j'étais très touchée par leur sollicitude. C'était presque comme si nous n'avions pas été séparés, ces six derniers mois, et que je faisais encore partie du groupe.

— Voici ce que nous allons faire, décida Vin à sa façon autoritaire. Je vais te reconduire avec ta voiture, et Alphonso nous suivra dans la sienne pour me prendre une fois que je me serai assuré que tu vas bien.

— Je vais bien, combien de fois dois-je vous le dire ? Je peux conduire moi-même pour rentrer chez moi.

— Je sais, mais nous avons promis à monsieur L. de le faire, insista Vin. Fin de la discussion, à présent.

La vieille Toyota Corolla d'Alphonso était garée à côté de la voiture de ma mère. Je jetai un œil à travers les vitres crasseuses et vis ce qui me sembla être un désastre du prêt-à-manger. Des bouteilles de boissons gazeuses, des emballages de bonbons, des contenants de nourriture et des papiers éparpillés partout.

Il dut repousser quelques bandes dessinées et un manuel de *Donjons et Dragons* pour s'asseoir sur le siège avant.

Vin me suivit à ma voiture avec l'idée de conduire, jusqu'à ce que je le remette à sa place. Une fois qu'il eut bouclé sa ceinture de sécurité sur le siège passager, je mis le pied sur l'accélérateur et poussai le volume de la radio à fond.

Quelques instants plus tard, je glissai dans l'allée de garage et remerciai les garçons d'avoir pris soin de moi. Je me faufilai ensuite par la porte de garage, afin d'éviter les questions potentielles au sujet de ma jambe bandée et du sang sur mon pantalon. J'entendis le son du téléviseur dans le salon et le murmure des voix pendant que je montais. Mon bandage se desserra lorsque je grimpai les marches, et je sentis un filet de sang chaud s'écouler.

Dans la salle de bain, je fouillai dans l'armoire à pharmacie à la recherche d'un antiseptique, et je grinçai des dents sous la douleur piquante en apposant un nouveau pansement.

La coupure irrégulière n'était pas profonde, seulement enflée et rouge. Même après sa guérison, je resterais probablement avec une cicatrice. Comment ce sabre endommagé s'était-il retrouvé avec l'équipement loué ?

C'était incompréhensible. Selon Kevin, quelqu'un avait échangé ce sabre avec le sien. Mais, pourquoi ferait-on cela ? Il n'y avait aucun moyen de savoir avec qui Kevin serait jumelé, puisque nous changions de partenaire de façon aléatoire.

Prise de nausée, je me rendis compte que ce qui était arrivé ce soir n'était pas tellement dû au hasard.

Kevin avait crié qu'il voulait que je sois sa prochaine partenaire. Puis il avait déposé son équipement et il était parti en pause. Personne ne surveillait son sabre et n'importe qui aurait pu le prendre.

Je n'aimais pas ce qui se dégageait de ma réflexion, mais les faits concordaient et pointaient vers une horrible conclusion.

Mon accident avait-il été accidentel ?

Ou une tentative délibérée de me blesser ?

# 21

JE RÊVAI DE SABRES ET D'ESCRIMEURS SANS VISAGE.
Une silhouette menaçante d'un homme ou d'une femme, le visage caché par le casque, jonglait avec des sabres, les envoyant valser de plus en plus haut dans les airs jusqu'à ce qu'ils tournent sur eux-mêmes. Un cyclone d'épées tournoyait autour de moi, leur pointe s'effilant

à chaque tour comme un crayon tournant dans un taille-crayon. Elles devinrent plus grandes et se fondirent en une seule épée géante à la pointe dégoulinant de sang et à la poignée argentée percée d'yeux diaboliques qui me lançaient des éclairs. J'étais la cible de ces yeux, et la lame géante se rapprochait de plus en plus.

Je m'assis dans mon lit en cherchant mon souffle, soulagée d'avoir tous mes morceaux et d'être en sécurité sous de chaudes couvertures. Le rêve s'attarda dans l'air un moment, et je me sentis vulnérable en scrutant la pièce autour de moi avec nervosité. Il ne s'agissait pas d'un rêve prémonitoire, mais d'un avertissement.

Quelqu'un voulait ma peau.

Je serrai mes bras autour de mes genoux sous les couvertures et regardai partout dans ma chambre comme si des ennemis étaient tapis dans chaque coin sombre. Ma veilleuse en forme de soleil illuminait ma chambre d'une lueur jaune, mais mes pensées s'égaraient vers l'obscurité.

C'était difficile de croire qu'une personne présente hier soir m'ait prise pour cible avec une intention malveillante. Peut-être que ce n'était pas personnel, qu'il s'agissait simplement d'une mauvaise blague ! Ouais, c'était sûrement ça. Mais qui pouvait être assez idiot pour remplacer un sabre inoffensif par un autre à la pointe aiguisée ? La blessure qui en avait résulté aurait pu être beaucoup plus grave. J'étais contente que Kevin ne se soit pas entaillé lui-même. C'était bien une petite peste agaçante, mais je ne voulais pas qu'il lui arrive du mal.

Donc, revenons au point de départ : qui a échangé les sabres ? C'était nécessairement une personne qui pouvait manipuler l'équipement sans attirer l'attention ; quelqu'un qui savait où monsieur Landreth rangeait l'équipement défectueux ; et quelqu'un qui avait une dent contre moi.

Un nom surgit dans mon esprit, mais je le repoussai.

Impossible.

Mais qui d'autre ?

Il était clair que Brianne ne souhaitait pas ma présence et qu'elle agissait comme si elle me détestait. Peut-être avait-elle souhaité me faire peur. En revanche, pourquoi faire une chose aussi risquée, au lieu de me demander de partir, tout simplement ? Tout cela n'avait aucun sens. Brianne avait ses défauts, il lui arrivait d'être impulsive et irresponsable, mais elle n'avait jamais été cruelle. Et au temps de notre amitié, je lui aurais confié ma vie.

À présent, la confiance s'était envolée.

Malgré tout, cela ne pouvait pas être Brianne. Je repassai donc dans ma tête la liste des personnes présentes ce soir-là au club d'escrime, en commençant par le suspect le plus improbable — monsieur Landreth. En toute objectivité, il en avait amplement eu l'occasion. Le sabre endommagé était gardé dans son bureau ; il aurait donc été facile pour lui de procéder à l'échange. Sauf que, la dernière chose qu'il souhaiterait, ce serait un accident pendant son cours. Si quelqu'un avait été blessé sérieusement, il aurait pu être obligé de fermer l'établissement. Donc, il n'était *pas du tout* un coupable potentiel.

Qu'en était-il de ses élèves d'escrime ? C'était la première fois ce soir que je rencontrais chacun d'eux, et je ne connaissais que leur prénom. Il n'y avait donc aucun motif de ce côté-là, à moins qu'il existe un lien inconnu entre l'une de ces personnes et moi, faisant d'elle mon ennemie. Les élèves avaient eu plusieurs occasions d'échanger les sabres. Sauf qu'ils n'avaient rien à faire dans le bureau de monsieur Landreth, ce qui aurait rendu la chose risquée. D'ailleurs, comment un nouvel élève serait-il au courant que le vieil équipement défectueux était rangé dans une armoire ?

Restaient les Fleurets : de vieux amis, de nouveaux membres — et Brianne.

Pourquoi mes pensées revenaient-elles toujours à elle ?

Eh bien, je refusais de la soupçonner. Des années d'amitié et de confiance ne voulaient peut-être rien dire pour elle, mais ce n'était pas ainsi pour moi. Au diable les questions sans réponses. En ce qui me concernait, ce n'était qu'un accident.

Personne n'était responsable.

Je regardai par la fenêtre le ciel gris du matin maussade et ne sus dire s'il était trop tôt pour se lever ou trop tard pour se rendormir. L'humidité de l'automne rafraîchissait l'air, me donnant d'autant plus envie de m'enfouir de nouveau sous les couvertures.

En bâillant, je reposai ma tête sur mon oreiller, puis je sursautai en entendant un grand BOOM résonner dans la pièce à côté.

Amy était-elle tombée de son lit ?

Repoussant mes couvertures, j'attrapai une longue chemise de nuit en flanelle et me précipitai vers la chambre d'Amy.

Je ne perdis pas de temps à cogner poliment, d'autant plus que j'entendis un gémissement étouffé. Tirant brusquement sur la porte pour l'ouvrir, j'aperçus deux jambes maigres pointant les pieds de sous le lit.

— Amy ? Que fais-tu ?

— Aïe !

Ma sœur se tortilla sur le ventre pour s'extirper de sous le lit, puis elle se tourna sur le dos pour me regarder en se frottant la tête.

— Tu es censée dormir dans ton lit, pas en dessous, dis-je en me mettant à genoux à côté d'elle sur le tapis.

— Je ne dormais pas, je cherchais.

Elle tira sur sa chemise de nuit verte et repoussa ses cheveux brun foncé et emmêlés loin de son visage.

— Je me suis cogné la tête, à cause de toi.

— Pardonne-moi de m'être fait du souci quand j'ai entendu des bruits étranges provenant d'ici. Que faisais-tu sous le lit ?

— Je te l'ai dit : je cherchais.

Elle se leva.

— Un livre.

— Un seul livre ?

Je fis un geste en direction des étagères bondées débordant de livres.

— Mon livre de sciences. Je me suis endormie en le lisant et il est tombé derrière mon lit.

— Je vais t'aider à le trouver, lui offris-je.

Nous nous sommes ensuite placées de chaque côté du très grand lit et l'avons éloigné du mur. Elle put se pencher facilement pour récupérer l'épais volume.

— Merci, dit-elle, l'air un peu moins grognon, à présent.

— De rien.

Je m'assis sur une chaise et lui demandai des nouvelles de la veille.

— Comment était-ce, chez Leanna ? As-tu appris quelque chose ?

— Tu parles !

Elle se pencha vers le bord de son lit.

— J'ai tout résolu.

— Tout, hein ?

Je n'y croyais pas vraiment, mais elle avait piqué ma curiosité.

— Attends d'entendre cela.

Ses yeux bleus pétillèrent quand elle entreprit son récit.

— J'avais tort d'imaginer que sa maison était en désordre ou sentait mauvais. C'est une maison tout ce qu'il y a de normal, très grande, avec des œuvres d'art sophistiquées et beaucoup de fleurs artificielles. Pendant que les adultes discutaient, Ashley et Leanna parlaient ensemble à voix basse et je n'entendais pas ce qu'elles disaient. J'ai donc demandé à Leanna si nous pouvions aller dans sa chambre afin que je l'aide à étudier. Mais elle est devenue toute bizarre, et elle a dit que personne n'avait le droit d'aller dans sa chambre.

— A-t-elle dit pourquoi ?

Ma sœur secoua la tête.

— Sa mère agissait de façon étrange aussi, comme quand les adultes ne veulent pas répondre aux questions. Elle nous a dit d'aller étudier dans la salle de jeu. Sauf que Leanna ne voulait pas étudier ; elle et Ashley ont joué à des jeux d'ordinateur. Elles étaient vraiment concentrées sur le dernier *Sims* et elles ont oublié ma présence. J'ai donc dit que j'allais à la salle de bain, mais je suis plutôt allée fouiner un peu partout.

— Bon travail, Sherlock.

Je lui tapai dans la main.

— Qu'as-tu découvert ?

— La chambre de Leanna. Elle a une mignonne petite plaque avec son nom sur la porte, alors je savais que j'étais au bon endroit. Ce n'était même pas fermé à clé. Quand j'ai regardé à l'intérieur, j'ai découvert son secret.

— Quoi ? m'enquis-je avec impatience.

— Il n'y est question que de son frère. Les murs sont couverts de photos, de lettres, de cartes d'anniversaire et même de ses bulletins scolaires — surtout des C, si tu veux le savoir. Il y a aussi une table ronde au centre de la pièce avec des bougies déposées autour de la photo encadrée de Kip.

— Un autel ?

— Ouais, c'est comme ça qu'on dit.

— C'est donc pour cette raison que sa mère disait qu'elle souffrait encore, dis-je en secouant la tête avec compassion. Elle n'a pas surmonté la mort de Kip.

— C'est plus que cela — elle est obsédée. J'ai lu une des lettres, et elle était de Leanna à Kip. Datée d'*après* sa mort. Elle a écrit la même phrase à répétition : « Je suis désolée d'avoir été méchante. » Pourtant, Leanna ne fait jamais rien de mal. Tous les professeurs l'adorent, et elle excelle dans tout.

— Peut-être fait-elle beaucoup d'efforts pour être bonne parce qu'elle se sent coupable, dis-je dans un éclair de compréhension.

C'était l'un de ces moments où Opal implante des pensées dans ma tête. Kip avait dû se fâcher contre Leanna et lui dire qu'elle était « méchante ». Puis il était mort avant qu'ils aient pu se réconcilier, et le dernier souvenir qu'elle avait de lui était sa colère. Alors, elle avait compensé en devenant Mademoiselle Parfaite.

— Je t'avais dit que Leanna était la bonne fille et je viens de te le prouver, dit Amy en croisant les bras sur sa poitrine.

— Elle a besoin d'une assistance psychologique. Je ne sais pas comment l'aider.

— Mais moi, oui.

Je grognai.

— Je ne veux pas entendre cela.

— Ce sera vraiment formidable. Mais tu devras te procurer certaines choses pendant que je serai à l'école.

Je fus tentée de lui faire remarquer que, techniquement, j'étais à l'école aussi, même si je ne quittais pas la maison. J'étais tout de même curieuse.

— Quelles choses ?

— De la bistorte, de la chicorée, du pissenlit, sept bougies orange et un bol noir.

— Pour faire quoi ?

— Une cérémonie de pardon.

— Hein ? Je n'ai jamais entendu parler de cela.

— Tu devrais lire davantage. J'ai trouvé cela dans un livre intitulé *Les mystères des herbes anciennes* que j'ai acheté pour offrir à Nona. Je le feuilletais rapido quand j'ai eu l'idée.

— Quelle idée ? demandai-je avec un léger malaise.

— Élémentaire, ma chère sœur.

Elle me lança un éblouissant sourire espiègle.

— Leanna pense déjà que tu es une sorcière. Tu vas donc lui jeter un sort — avec de la magie noire.

# 22

MA JEUNE SŒUR ÉTAIT FOLLE.

Indubitablement, irrévocablement, totalement folle.

Je savais qu'il valait mieux ne pas se frotter
à la magie noire. Nona et la plupart de
ses amis ajoutaient foi aux sortilèges et
aux potions magiques ; ils prenaient cela

extrêmement au sérieux. Nona m'avait préve-
nue de ne jamais traiter les croyances d'autrui
à la légère, car, lorsqu'on croit à une chose, elle
devient vérité. Elle m'avait enseigné à évoquer
la lumière blanche et à demander une protection contre les esprits maléfiques quand je
communiquais avec l'autre monde. J'avais eu
ma première expérience avec un être mal-
veillant quelques semaines auparavant, quand
j'avais rapporté à la maison une ancienne boule
de sorcière. J'avais survécu à une rencontre
effrayante avec un fantôme n'ayant plus toute
sa raison, et j'avais de la chance d'être encore
en vie.

Mais je ne pouvais pas toujours compter
sur ma bonne étoile.

Amy souriait, comme elle l'aurait fait en
bouclant sa ceinture juste avant un tour de
manège super excitant.

— Ça va être amusant ! s'exclama-t-elle.

— Sois sérieuse, Amy. Leanna ne tombera
jamais dans le panneau.

— Si, elle y croira. Au début, quand elle a
découvert que j'avais vu sa chambre, elle était
furieuse, mais ensuite nous avons parlé, et elle
m'a relaté la dispute qu'elle a eue avec Kip
juste avant sa mort. Elle avait emprunté son
maillot de football et répandu une boisson

gazeuse dessus ; il s'est emporté, et lui a crié qu'elle était méchante et qu'il ne lui pardonnerait jamais.

— Puis il est mort, terminai-je d'un ton triste. Pas étonnant que Leanna traverse une sale période.

— Tu peux l'aider avec une incantation de pardon.

— Ça n'existe pas. D'ailleurs, n'a-t-elle pas peur de moi ?

— Oui — voilà pourquoi ça fonctionnera. Elle est convaincue que tu peux réellement jeter des sorts aux gens.

— Pourquoi voudrais-je l'encourager dans ses fausses idées ?

— Parce que c'est un bon plan.

— Où suis-je censée me procurer de la bistorte et de la chicorée ?

— Nous ne jetterons pas *vraiment* un sort. N'importe quelles herbes ou feuilles tromperont Leanna.

Il y avait des millions de bonnes raisons de ne pas aller de l'avant, mais j'avais déjà fait de la peine une fois à Amy en ne prenant pas ses propos au sérieux et je ne voulais pas recommencer. Alors, je lui répondis « peut-être ». D'une façon ou d'une autre, cela se traduisit par un « oui ». Elle me serra si fort dans ses bras qu'elle heurta ma jambe blessée, et je dus serrer les dents afin qu'elle ne remarque pas de ma douleur.

Après le petit-déjeuner, je m'assis devant mon ordinateur et effectuai une recherche sur la chicorée et la bistorte. Je cherchai une herboristerie et j'en découvris une à quelques pâtés de maisons de chez moi. Je lus aussi mes courriels ; il y avait neuf messages de Penny-Love, un de Jill, une blague grivoise de Caitlyn et une chaîne de lettres à propos d'un sénateur antienvironnementaliste envoyée par Thorn.

Alors que je lisais le troisième courriel de Penny-Love (encore un bulletin de nouvelles brèves vantant les qualités de Jacques), mon ordinateur bourdonna, puis clignota.

Je jurai et marmonnai entre mes dents « surtension ». Par précaution, j'éteignis l'ordinateur et j'attendis que l'écran devienne noir.

Toutefois, il continua à émettre une lueur dorée et cramoisie à donner froid dans le dos.

J'agrippai le bord de mon siège et je me penchai en avant, mon cœur battant la chamade. Cela ne ressemblait pas au phénomène de surtension auquel j'étais habituée. Le bourdonnement s'amplifia, et l'écran dégagea une chaleur brûlante comme un coucher de soleil flamboyant. Des barres noires tailladaient l'écran doré, se déplaçant à toute vitesse, se regroupant et s'incurvant pour former un visage flou et pourtant étrangement familier.

« Détourne-toi, me dis-je. Fuis cette chambre à toutes jambes. »

Mais je restai assise, hypnotisée par l'étrange spectacle de l'ordinateur. Des sourcils foncés couronnaient des yeux cadavériques, et un nez osseux surmontait des lèvres minces qui s'étiraient pour murmurer : « Aide-la ».

— Kip ? murmurai-je à mon tour. Est-ce toi ?

Des yeux caverneux regardèrent en haut, puis en bas, comme s'ils acquiesçaient.

— Merci, mon Dieu ; tu es revenu ! dis-je en soupirant de soulagement. J'ai essayé de répondre à ta demande, mais j'ai besoin de plus d'informations.

Sa bouche rentrée bougea sans émettre un son.

— Qu'essaies-tu de me dire ?

La tête sans corps se déplaça sur le côté puis s'enfonça, et Kip disparut.

— Ne pars pas tout de suite !

Je frappai le côté de mon ordinateur. L'écran clignota et jeta une lumière vive, puis s'éteignit.

L'ordinateur semblait aussi mort que Kip était censé l'être. Je pivotai pour voir si le fantôme flottait quelque part dans la pièce. Mais j'étais seule.

— Kip ! l'appelai-je. Si tu peux m'entendre, réponds seulement à une question. Veux-tu que j'aide Aileen ou Leanna ?

J'attendis une réponse, en vain.

Pourtant, je sentais son esprit tout près.

— Kip, pourquoi ne te montres-tu pas ?

Dans ma tête, j'eus une brève vision d'une ampoule qui se consumait, comme s'il essayait de me dire que son pouvoir de passer dans notre univers faiblissait.

— Tu ne peux pas me quitter ainsi ! Je frappai du pied sur le tapis. Est-ce que je dois poursuivre mon idée et trouver un nouveau mec à Aileen ou suivre le plan démentiel d'Amy pour aider Leanna ?

N'ayant pas reçu l'ombre d'une réponse, je sus d'instinct que c'était la dernière fois que je voyais Kip.

À partir de maintenant, j'étais livrée à moi-même.

* * *

Seule, je l'étais aussi pour mes devoirs.

Les études autonomes continuaient d'être très pénibles. Soit c'était ennuyeux à mourir, soit c'était trop compliqué sans l'aide d'un professeur. Je commençais à rêver de salles de classe bondées, de l'odeur infecte de la nourriture de la cafétéria et des piètres commentaires des professeurs. Surtout, mes amis me manquaient.

Avant de partir assister à une réunion sur les aménagements urbains, maman feuilleta mes travaux et exprima vite son mécontentement sur mes progrès.

— Tu n'as pas fait ta fiche sur les arts du langage ni tes devoirs de mathématiques.

Je promis de travailler davantage, mais, une fois qu'elle fut partie, je ne fis que résoudre quelques problèmes de mathématiques avant que mon esprit dérive vers d'autres sujets — comme le sabre endommagé, le message sanglant de Kip sur l'ordinateur et la santé défaillante de Nona. Pourquoi est-ce que je perdais mon temps à faire des travaux scolaires, alors que je pourrais l'occuper à régler de *vrais* problèmes ?

Je rangeai donc mes manuels et m'emparai du téléphone pour appeler Nona. Sauf que c'est Penny-Love qui répondit.

— Hé ! dis-je, contente d'entendre sa voix.

J'avais l'impression que des siècles s'étaient écoulés depuis notre dernière conversation, et non quelques jours seulement.

— Tu sèches encore l'école ?

— Je ne sèche jamais les cours, dit-elle en reniflant d'indignation. J'ai toujours un mot d'excuse véridique de ma mère.

— Signé par toi.

— Détail, détail.

Elle rit.

— J'ai une bonne raison, aujourd'hui. Nous sommes débordées de travail à Fusion d'âmes sœurs, et c'est la seule façon de reprendre le dessus. Mon idée de promouvoir nos services avec un rabais dans un dépliant inséré dans le journal nous tient occupées comme des folles.

— Alors, remets-toi au travail, et passe-moi Nona.

— Ce n'est pas le bon moment.

Il y eut un silence.

— Elle est avec un client.

— Dis-lui de me téléphoner quand le client partira. J'ai besoin de conseils professionnels.

— Des problèmes avec Josh ?

— Rien de cette nature. J'ai cette amie qui a besoin d'aide en amour.

— Ha, un S.O.S. sentimental ! Ma spécialité. Raconte-moi.

Je lui ai donc tout dit, et, quand j'eus terminé, Penny-Love n'avait que des solutions.

— Voici ce que tu vas faire. Je vais t'envoyer par courriel un formulaire personnalisé qu'Aileen devra remplir.

— Elle ne le fera pas.

— Trouve les informations toi-même.

— Comment suis-je censée faire cela ?

— Sois créative, dit-elle avec un petit rire.

Puis elle raccrocha pour prendre un autre appel.

Je fixai le téléphone pendant quelques minutes, ayant l'impression d'avoir été manipulée, ce qui était tout à fait le cas. Penny-Love m'avait remis mon problème entre mes mains sans rien me dire à propos de Nona.

Après avoir imprimé le formulaire pour Aileen, je remplis l'information de base comme son nom, son adresse, sa scolarité, son âge et son numéro de téléphone. Sauf qu'il restait environ une douzaine de questions personnelles. Mets préférés, musique et tatouages.

Sois créative, hein ?

Je pris en considération les stratégies utilisées par Manny pour obtenir des entrevues pour l'*Écho de Sheridan*. Une fois, il s'était déguisé en livreur de pizza ; il avait fait réchauffer une pizza congelée et l'avait mise dans une boîte en carton. Quelques heures plus tard, il avait son entrevue, en plus d'un généreux pourboire. Une autre fois, il s'était fait passer au téléphone pour un professeur, et avait prétendu qu'il s'agissait d'un entretien entre professeur et parent.

Mais j'aimais mieux ne pas mentir, sauf si je n'avais pas d'autre choix.

Aileen devait être à l'école, à ce moment ; je l'appellerais donc plus tard. Mieux encore, je lui rendrais une visite surprise ce soir si maman, papa et mes sœurs avaient envie de manger des mets chinois. Nous n'avions pas pris un repas ensemble une seule fois depuis mon retour, et cela commençait à m'agacer. Notre famille aurait pu poser pour l'affiche des familles dysfonctionnelles. Maman avait un horaire surchargé, difficile à suivre, qui n'exigeait rien de moins que de bouger à la vitesse de l'éclair. Celui de papa était encore pire. J'avais vu Kip plus souvent qu'eux, ce qui était triste, étant donné qu'il était mort. Sortir dîner serait une bonne chose pour nous.

Ayant pris cette décision, je retournai à ma pile de devoirs déprimants.

Après quelques heures de frustration grandissante, je terminai un devoir d'anglais et deux de mathématiques. Il me restait encore une dissertation à écrire à propos d'une femme politique controversée. Une recherche en ligne m'avait fourni quelques informations, mais je devais tout de même me rendre à la bibliothèque pour terminer mon travail.

La bibliothèque n'était qu'à quelques pâtés de maisons, et, après m'être renseignée auprès de madame Sweeny, la bibliothécaire, je trouvai quelques sources d'informations extraordinaires. J'avais parcouru trois livres et imprimés des articles de journaux provenant des archives. Pendant que je feuilletais des parutions antérieures, je tombai sur un court article sur le groupe de musique qu'Arcadia High avait engagé pour le bal de fin d'études à venir.

Je frissonnai, sachant que le joyeux bal s'était terminé par des funérailles.

C'est à cet instant que j'ai réalisé que c'était là une occasion pour moi d'en découvrir davantage à propos de l'accident de Kip. Tout ce que j'avais vu, c'était un unique article provenant d'un journal local. Je n'avais jamais lu d'articles qui traitaient des suites de l'accident ni consulté de journaux concurrents. Suivant mon intuition, je cherchai des éditions précédentes et trouvai deux autres articles. L'un était court — un paragraphe —, mais l'autre s'étalait sur une demi-page et était illustré par une épouvantable photo du carnage de métal tordu placée à côté d'une photo d'un Kip rieur tirée de son album de fin d'études.

Tout d'abord, je n'ai rien remarqué de particulier.

L'article fournissait des détails colorés sur le bal de fin d'études ; la cérémonie de couronnement du nouveau roi et de sa reine, le groupe que j'avais reconnu parce que Vin n'avait que des éloges pour eux, une liste des chaperons du lycée comprenant monsieur Landreth, et le clou de la soirée : la pluie de ballons qui s'était déversée du plafond.

Le langage se faisait ensuite plus cru et sanguinolent, avec des déclarations venant du premier policier arrivé sur les lieux de l'accident suivies d'une entrevue avec l'entraîneur de football d'Arcadia High, qui parlait avec enthousiasme de l'avenir sportif prometteur de Kip et déclarait que la perte d'un tel talent avait anéanti toute la communauté. Le directeur faisait l'éloge de Kip, ramenant à ma mémoire mes propres souvenirs douloureux de la fois où j'étais allée dans le bureau du directeur et qu'il m'avait montré la pétition

« Chassons Sabine de l'école ». Il y avait plus d'une centaine de signatures, mais une seule comptait.

Je parcourus le reste de l'article, l'esprit ailleurs, jusqu'à ce qu'une phrase me saute aux yeux. Hein ? Mais c'était inexact. Je relus :

*L'accident tragique s'est produit aux environs de 1 h 15, après que Kip Hurst eut raccompagné sa petite amie, Aileen Paludini — élève de dernière année d'Arcadia High — à son domicile de Leonara Way.*

Mais le tableau chronologique ne concordait pas avec l'histoire d'Aileen. Elle avait dit qu'ils n'étaient restés au bal de fin d'études que quelques heures, s'éclipsant avant le couronnement du couple royal pour se rendre à un motel tout près, puis qu'ils s'étaient disputés et n'étaient jamais entrés à l'intérieur. Kip avait ensuite ramené Aileen chez elle « si tôt que le bal n'était pas encore terminé ». Ce qui signifiait que l'accident serait survenu avant minuit — pas après une heure du matin.

Donc, soit le journal n'avait pas rapporté la bonne heure.

Soit Aileen mentait.

# 23

CE SOIR-LÀ, NOUS AVONS MANGÉ AU CHOPSTICKS café, et la soirée aurait pu être parfaite, à trois exceptions près :

1.  Mon père n'est pas rentré du travail. (Aucune surprise de ce côté-là.)

2. Mes sœurs se sont disputées et ont cessé de parler.
3. Aileen ne travaillait pas.

La nourriture au Chopsticks était fabuleuse, mais je restai avec un goût amer dans la bouche et un sentiment général d'échec. Et je n'aurais pas l'occasion de parler à Aileen avant deux jours au moins parce que j'avais promis d'aller avec Amy le lendemain à la maison des Hurst. À mon corps défendant, nous allions pratiquer de la « magie noire ».

Que le Ciel nous vienne en aide.

La façon dont Amy avait réussi à entraîner Leanna dans cette arnaque de cinglé demeurait un mystère. Cependant, Amy était excitée et convaincue que cela fonctionnerait.

— Leanna croit que tu as des pouvoirs magiques ; elle croira donc tout ce que tu lui diras, insista ma sœur.

Si cela aidait Leanna à faire le deuil de son frère, je tenterais le coup.

Puis, le lendemain, je m'attaquerais à la vie amoureuse d'Aileen.

J'étais sortie dans le jardin pour ramasser des feuilles vertes et des herbes sauvages qu'on ferait passer pour des ingrédients de sorcellerie. J'avais trouvé un bol bleu foncé et six bougies jaunes dans la cuisine. Pas tout à fait ce qu'exigeait le sortilège, mais Leanna n'avait que dix ans — comment pourrait-elle voir la différence ?

Après m'être débattue avec un autre matin d'études à domicile, Amy et moi arrivâmes à la maison des Hurst.

— Chut !

Leanna mit le doigt sur ses lèvres lorsqu'elle nous ouvrit la porte.

— Ma mère regarde ses feuilletons mélos en haut.

Elle nous mena ensuite vers sa chambre.

— Est-ce que ce sont les trucs ?

Leanna pointa le sac en papier après avoir fermé la porte derrière nous.

— Ouais.

J'essayais d'agir avec solennité, mais j'avais une folle envie de rire. Enfin, tout ce plan était ridicule !

— Que faisons-nous, pour commencer ? me demanda Leanna.

Elle gardait les yeux fixés sur moi, avec dans le regard un mélange d'admiration et de peur.

— Est-ce que ce sera douloureux ?

— Ne fais pas l'enfant, dit Amy à son amie. Il s'agit d'une cérémonie de pardon. Tu as de la chance que Sabine ait accepté de le faire. Peu de gens ont l'occasion d'être témoins de ses pouvoirs.

— Elle a vraiment des pouvoirs de sorcière ?

— Ben, hou hou !

Amy repoussa ses longs cheveux sombres derrière son épaule en regardant Leanna d'un air agacé.

— Si tu ne crois pas, nous devrons partir tout de suite.

— J'y crois. J'y crois, s'empressa-t-elle de répondre, les yeux agrandis par la peur. Mais, est-ce que le sortilège me fera mal ?

— Bien sûr que non.

Puis Amy prépara le sortilège. Elle sortit les bougies, les disposa en cercle sur un plateau en métal et plaça le bol bleu foncé au centre. Ma sœur leva les yeux vers moi avec l'air d'attendre quelque chose.

— Ensuite, que fait-on, Sabine ?

— Heu… écrase la chicorée et le pissenlit.

Amy fit ce que je lui demandais, et je crus entendre le rire d'Opal dans ma tête.

« Tu crois que c'est amusant ? » demandai-je silencieusement à ma guide spirituelle.

*Énormément distrayant. Je ne manquerais cela pour rien dans tous les mondes.*

— Merci, dis-je d'un ton sarcastique. Je jetai ensuite un coup d'œil vers les jeunes filles et compris que j'avais parlé tout haut. Je masquai donc le fait rapidement en disant que nous devions méditer et offrir nos remerciements aux guides spirituels.

*C'est un plaisir,* me dit Opal. *N'oublie pas de demander la lumière protectrice et d'invoquer la grâce de tes anges.*

Je levai les mains au-dessus de la fumée ondulante des bougies et parlai d'un ton monocorde :

— Je demande une lumière blanche protectrice.

*Et des anges,* me rappela Opal. *La plupart des gens ne le réalisent pas, mais les anges peuvent être plutôt vaniteux et ils ont soif d'adoration.*

— Et que les anges, dans toute leur splendeur, fassent rejaillir leur grâce sur nous.

« Est-ce suffisant ? » demandai-je en esprit à Opal.

*Excellent.*

Je commençais vraiment à me prendre au jeu, à présent, et j'utilisai quelques-unes des techniques de méditation que Nona m'avait enseignées. Respirer, expirer, ouvrir mon esprit et accueillir l'énergie positive.

— Kip est-il ici ? me demanda Leanna en se rongeant un ongle de pouce.

Elle regarda autour de sa chambre avec nervosité.

— Pas encore.

Je secouai la tête.

— Pour le convoquer, prononce son nom trois fois.

— Comme dans le film *Beetlejuice* ?

Je fis signe que oui, me demandant si c'était de là que m'était venue l'idée. Enfin, aucune importance.

— Disons-le ensemble, dis-je à Leanna. Kip… Kip… Kip.

Nos voix résonnèrent dans la pièce de façon si sinistre que j'en eus la chair de poule. Je ne savais pas du tout si Kip se montrerait, mais j'aurais parié qu'il nous entendait.

— Et maintenant ? s'enquit Amy en me lançant un regard un peu anxieux.

Je voyais qu'elle ne savait pas à quel point tout cela était vrai.

Je tendis le bol bleu foncé à Leanna.

— Écrase la feuille de bistorte et l'herbe…

*Sabine, chérie, je ne voudrais pas t'interrompre, mais je dois te prévenir que…*

« Laisse-moi tranquille, Opal. Je suis occupée en ce moment. »

*Mais il y a une chose que tu dois savoir.*

« Je peux m'occuper de cela sans ton intervention. »

*Une intervention se dirige vers toi de toute façon.*

Et juste à ce moment-là, la porte s'ouvrit brusquement.

Ma sœur Ashley était arrivée.

*   *   *

— Je savais que vous prépariez quelque chose ensemble, dit Ashley, dont les yeux bleus étaient noirs de colère.

Elle croisa les bras sur sa poitrine et nous fusilla du regard.

— Faites-vous une fête sans moi ?

— Sors tes fesses d'ici ! dit sèchement Amy à sa jumelle.

— Mes fesses resteront ici jusqu'à ce que vous crachiez le morceau. Pourquoi essaies-tu de me voler ma meilleure amie ?

Leanna secoua la tête.

— Ce n'est pas ce que tu crois.

— Ouais, d'accord, se moqua-t-elle. Amy prend toujours mes affaires, et, maintenant, elle convoite mes amis aussi.

— Pas du tout ! répliqua Amy. C'est *toi* qui prends mes affaires.

— Peu importe.

Ashley se tourna vers Leanna ; d'une voix basse et blessée, elle voulut savoir :

— Tu m'as dit que tu avais un cours de violon aujourd'hui et je t'ai crue, jusqu'au moment où je suis allée faire de la bicyclette et que j'ai vu la voiture de maman devant chez toi. Au début, j'ai pensé que nos mères étaient ensemble, mais je me suis ensuite souvenue que Sabine conduisait cette voiture. Puis je te trouve ici — dans la pièce que tu ne voulais même pas me montrer — avec mes sœurs. Tu ne m'aimes plus ?

Leanna semblait au bord des larmes.

— Je t'aime beaucoup.

— Alors, pourquoi ce mystère ?

— Je-je ne voulais pas… C'est difficile à expliquer.

— Et à quoi servent ces bougies ?

Ashley lorgna en direction du bol et des divers ingrédients. Lentement, son regard glissa vers moi.

— Et pourquoi, *toi*, es-tu ici ?

Alors qu'Amy avait confiance en mes dons et y croyait, Ashley était plutôt comme maman, et elle était très mal à l'aise dès qu'il était question de phénomènes paranormaux. J'hésitai donc à répondre, incertaine de l'explication à fournir.

— Sabine, est-ce que tu recommences à faire ces étrangetés ?

— Heu… définis « étrangetés ».

Ses yeux se plissèrent et elle prit un air accusateur.

— Maman va être tellement en colère. Tu as promis de ne pas faire ces choses.

— Qu'est-ce qu'elle fera ? Elle me mettra à la porte ?

Leanna nous regarda tour à tour, puis elle déclara rapidement :

— J'ai demandé à Sabine de m'aider.

Elle continua en expliquant qu'elle s'était disputée avec Kip avant sa mort et qu'elle n'avait jamais pu lui présenter ses excuses ; c'est pourquoi nous accomplissions une cérémonie de pardon.

Je ne savais pas comment Ashley allait réagir, mais je ne m'attendais pas à ce qu'elle éclate de rire ; c'est pourtant exactement ce qu'elle a fait.

— Qu'y a-t-il de si drôle ? demandai-je à Ashley quand elle s'arrêta pour reprendre son souffle. C'est une cérémonie très sérieuse.

Leanna hocha la tête.

— Nous avons un bol sacré, de la chicorée et de la bistorte.

— Oh, épargnez-moi vos salades !

Ashley agita la main avec dédain.

— J'ai ramassé des feuilles pour un projet scolaire, et ceci n'est pas de la bistorte. C'est une feuille de chêne.

— Une feuille de chêne ? répéta Leanna en exprimant la surprise. Comment Kip peut-il me pardonner avec une simple feuille de chêne ?

— Les substitutions fonctionnent bien, dit Amy.

— Ce bol est celui que nous avons utilisé pour préparer des biscuits aux pépites de chocolat la semaine dernière, ajouta Ashley.

— Ces biscuits étaient fabuleux.

Leanna fronça les sourcils et plissa les yeux en regardant Amy.

— Est-ce que c'est vraiment le même bol ?

Amy haussa les épaules.

— Le bol n'a pas d'importance.

— Tous vos salamalecs n'ont pas d'importance non plus, déclara Ashley. Une cérémonie de pardon, ça n'existe pas.

— Non ?

Leanna en resta la bouche ouverte.

— Mes sœurs te font marcher.

— Nous essayons de l'aider, insistai-je.

— En faisant semblant de faire de la sorcellerie ? me défia Ashley.

— Si ce n'est pas vrai, ça ne fonctionnera pas.

Leanna se laissa choir dans une chaise, comme si elle était vidée de tout espoir.

— Kip me détestera à jamais.

— Tu crois vraiment cela ? lui demanda Ashley, incrédule. Simplement parce que vous vous êtes disputés juste avant sa mort ?

— Il a dit qu'il ne me pardonnerait jamais.

— Et alors ? Mes sœurs et moi nous disputons sans cesse, et disons des choses bien pires. Amy se plaint que je suis méchante avec elle — ce qui est tellement faux ! — et Sabine m'ignore comme si j'étais un bébé aux couches.

— Ce n'est pas vrai ! rétorquai-je.

— Ashley a raison, dit Amy en me jetant un regard d'excuses. Parfois, tu agis de façon hautaine et tu nous repousses.

— Moi, je vous repousse ? C'est vous qui êtes toujours pressées d'aller à vos cours et à vos rendez-vous.

— Et tu considères qu'ils sont sans importance, me fit remarquer Ashley. Comme si, être mannequin, c'était jeu de déguisements pour les enfants.

— Je n'ai jamais dit cela.

— Mais tu l'as pensé, dit Amy d'un ton d'excuse, pour adoucir ses mots. Quand je parle d'une audition ou d'un travail, tu lèves les yeux au ciel.

Amy et Ashley me regardèrent avec les mêmes yeux accusateurs. J'étais trop abasourdie pour répondre, et un peu honteuse parce qu'elles pouvaient bien avoir raison. Était-il possible que je sois jalouse ? Eh bien… peut-être un peu. Pas parce que je souhaitais la même chose qu'elles, mais parce que tout le monde n'en avait que pour elles et qu'on semblait oublier mon existence. Et le seul talent que j'avais effrayait ma mère. Tout de même, ce n'était pas la faute de mes sœurs, et je devais les traiter comme de jeunes femmes matures. Donc, je ravalai ma fierté et je leur déclarai que j'étais désolée.

Amy me serra dans ses bras pendant qu'Ashley souriait d'un air triomphant et se tournait vers Leanna.

— Tu vois ce que je veux dire ? Nous nous disputons souvent, mais nous nous aimons quand même.

— Mais Kip me détestait, quand il est mort, et…

Les yeux de Leanna se remplirent de larmes.

— Et je... je n'ai pas eu l'occasion de lui dire que j'étais désolée.

— Je te le répète : et alors ?

Amy repoussa ses cheveux sombres par-dessus ses épaules et se tourna vers moi.

— Sabine, faisons comme si toi et moi avions eu une grosse dispute et que tu m'avais traitée de sale peste égoïste. Je t'aurais alors crié à mon tour : « Tu es la pire sœur au monde, et j'aimerais que tu sois morte. » Puis tu t'étouffes avec un morceau de pizza, et tu meurs. Serais-tu toujours en colère contre moi ?

— Bien sûr que non.

J'essayai de sourire et ajoutai :

— Même si tu étais une sale peste égoïste, je t'aimerais quand même.

— Et je ne voudrais pas que tu sois morte, même si tu es tyrannique.

Ashley se tourna de nouveau vers Leanna.

— C'est normal, pour les familles, de se disputer. Je ne pense pas réellement que Sabine soit la pire sœur au monde — je suis certaine qu'il y en a de bien pires. Parfois, nous disons des choses sans réfléchir. C'est ce que font les sœurs — et les frères, j'imagine.

— Ashley a raison, dis-je à Leanna. Kip n'est pas en colère contre toi.

— Est-ce que son fantôme te l'a dit ?

Avant d'avoir pu donner ma réponse, Ashley renifla.

— Je t'en prie ! Pourquoi ton frère — même s'il était un fantôme, ce dont je doute vraiment — irait-il parler à ma sœur au lieu de la sienne ? Tu n'as pas besoin d'une séance de spiritisme pour parler à ton frère.

— Ce n'était pas une séance de spiritisme, mais Ashley marque un point, dis-je. Tu n'as pas besoin d'une cérémonie pour dire à Kip comment tu te sens. Prononce simplement les paroles. Il t'entendra.

— En es-tu certaine ?

— Croix de bois, croix de fer, si je meurs, je vais…

— Ouais, peu importe, coupa Ashley en levant la main. Ne continue pas.

Je me souris à moi-même.

Leanna se dirigea vers la table dédiée à la mémoire de Kip et prit sa photo. Elle la tint près de son visage et elle murmura :

— Je suis désolée.

Les lumières dans la pièce clignotèrent.

Les yeux de Leanna s'agrandirent, puis elle se détendit et eut le sourire le plus sincère que je lui aie jamais vu. Je remarquai avec une certaine satisfaction qu'Ashley avait l'air effrayée. Plus tout à fait aussi sceptique, étais-je tentée de lui lancer. Mais je fis preuve de maturité en m'abstenant.

— Maman n'arrête pas de m'embêter pour que je la laisse refaire la décoration, et je suis prête, à présent. Je n'ai pas vraiment besoin de toutes ces photos et de ces trucs sur les murs pour me souvenir de Kip.

Leanna souleva une photo encadrée qui était posée au centre de son autel.

— Je vais ranger les autres et conserver celle-ci.

— Je crois que Kip serait content, dis-je en guise d'approbation.

— Ouais. C'est vrai.

Leanna regarda autour de la chambre à coucher comme si elle sentait quelque chose que même moi je ne pouvais pas voir.

Personne ne parla pendant un moment, puis Ashley se dirigea vers la porte.

— Bon, voilà qui est fait. Passons à quelque chose d'amusant. Savez-vous ce que nous devrions faire ?

— Quoi ? lui demandai-je.

Ashley me fit un clin d'œil.

— Quelqu'un veut de la pizza ?

## 24

APRÈS AUTANT D'ÉMOTIONS, J'ÉTAIS UN PEU DÉPRIMÉE, le lendemain matin.

J'occupai surtout mon temps à étudier et à travailler à l'ordinateur. C'était très ennuyeux, sauf quand le téléphone sonna et que j'entendis la voix pleine d'énergie et d'humour de Nona. Nous explorâmes différentes façons de trouver un bon mec pour Aileen, bien que le pivot de l'affaire reposât sur le fait de convaincre Aileen de remplir le questionnaire de Fusions d'âmes sœurs. Nona suggéra que je dise à Aileen qu'il s'agissait d'un projet scolaire ou que je lui trouve dans un magazine un jeu-questionnaire sur la personnalité. C'étaient deux bonnes idées, et, après que nous eûmes raccroché, j'essayai d'appeler Aileen. Je tombai sur son répondeur et lui laissai un message, auquel elle ne répondit pas.

« M'évite-t-elle ? », me demandai-je.

Ce soir-là, papa se présenta pour dîner.

Formidable, n'est-ce pas ? Eh bien, cela aurait été le cas, sauf qu'il y avait une aura de froideur entre mes parents. Papa n'était là que parce que maman lui avait signifié un quelconque ultimatum : « Agis comme si tu faisais partie de cette famille, ou pars. » Quoi qu'elle ait dit, cela fonctionna, et j'étais contente qu'il soit là. J'avais toujours été plus proche de lui que de maman. Il était facile à vivre, détendu et affectueux. Peu porté sur la discipline, il me critiquait rarement, et j'adorais rire de ses blagues d'avocat, même les plus banales. Le fait de partager un repas ensemble me permettait de faire comme si nous étions une famille heureuse.

Malheureusement, cela ne dura pas long-temps. Après le repas, papa disparut dans son bureau, la porte bien fermée. Maman le regarda s'éloigner avec une expression tendue et furieuse. Puis elle nous dit, à nous, les filles, de nettoyer, et elle se rendit dans sa chambre en fulminant ; une autre porte se referma.

La tension était à couper au couteau et déplaisante, alors, après avoir aidé mes sœurs à faire la vaisselle, je partis aussi. J'avais déjà prévu aller travailler ce soir-là au club d'escrime pour montrer à tout le monde, là-bas, que je n'étais pas une mauviette. Ma coupure était affreuse à voir — inégale et couverte d'une croûte rouge —, mais ce n'était pas douloureux. Ce qui me faisait le plus mal, c'était d'avoir à fouiller dans mon placard à la recherche d'une vieille culotte d'escrime.

Je retins mon souffle en pénétrant dans le club d'escrime, comme si je m'attendais à ce qu'il se passe quelque chose de terrible, mais rien ne se produisit. Kevin m'avait même apporté une carte de prompt rétablissement ornée d'une photo d'un chiot aux yeux tristes avec des oreilles tombantes et une langue rouge pendante. D'une écriture large et inégale, il avait inscrit à l'intérieur : « Tu es la meilleure professeure. Tu es une escrimeuse géniale. Amitiés, Kevin. »

Quand je le serrai dans mes bras, il devint plus rouge que la langue du chiot aux yeux tristes.

Les Fleurets étaient là aussi, sauf la nouvelle fille, Annika. Je n'eus pas une minute pour parler avec eux, parce que les débutants me prenaient tout mon temps. Tout de même, pendant la pause, mon regard glissa vers l'endroit où ils s'exerçaient et se concentra sur Brianne. Elle pratiquait l'escrime avec une telle intensité, c'était comme regarder une danse excitante. Elle ne changeait pas de partenaire, elle restait avec Tony ; comme un oiseau-mouche jumelé à un puissant bœuf. Le style de Tony était plus athlétique ; il grognait et son visage rougissait, alors que Brianne avait plus de succès avec de petits mouvements précis. Cependant, le rythme dément la fatiguait et, sur une parade, elle recula avec un cri, ramenant son bras le long de son corps comme un oiseau le fait avec son aile blessée. Elle avait dû s'étirer un muscle, car elle grimaça quand Tony la rapprocha contre lui. Elle se fondit en lui si parfaitement qu'elle sembla disparaître dans son ombre.

J'éprouvais un malaise à les regarder ensemble, et j'étais contente de reprendre l'enseignement après la pause. Quand la classe prit fin, j'étais fière du progrès de mes élèves. J'avais aussi eu l'occasion d'affiner mes propres compétences avec quelques démonstrations.

— Bonne forme, me dit monsieur Landreth lorsque nous quittâmes l'aire d'entraînement.

— Mon exécution de la quatrième position est rouillée.

— Je n'avais pas remarqué cela. Tu as encore la touche.

— Eh bien… merci.

Je sentis ma confiance grandir alors que j'enlevais ma veste de toile.

— As-tu une minute, Sabine ?

Il prit un air sérieux et se racla la gorge.

— Pouvons-nous discuter en privé un instant ?

— Bien sûr.

Je le suivis dans un coin tranquille, où nous nous assîmes sur un banc.

— Il y a une chose que j'aimerais te demander ; écoute-moi jusqu'au bout avant de refuser.

— Allez-y, dis-je prudemment. Que se passe-t-il ?

— Tu as peut-être remarqué qu'Annika était absente.

Je hochai la tête.

— Est-elle souffrante ?

— Non. Sa tante est décédée.

— Oh, c'est triste.

Je me rappelai l'expression accablée de la fille aux cheveux auburn et la façon dont Jennae avait passé son bras autour d'elle le soir précédent. Je comprenais, à présent.

— Je suis désolée.

— Moi aussi.

Il soupira.

— C'était une longue maladie, et la famille savait que c'était pour bientôt. Les funérailles auront lieu ce samedi en Pennsylvanie.

Il ne dit plus rien pendant un moment, laissant ses propos faire leur effet. Bien sûr, je savais ce qu'il allait me demander. La kermesse Renaissance avait lieu ce samedi. Et maintenant, les Fleurets avaient un escrimeur en moins.

Mon cœur s'accéléra. Une occasion de revenir en arrière, de me produire une nouvelle fois, de faire partie de ce groupe que j'avais jadis tellement aimé. Porter la veste avec le sigle des Fleurets brodé en fil d'argent et la culotte argentée assortie. Être admirée, entendre les acclamations, éprouver un sentiment d'appartenance.

— Non, dis-je avec fermeté.

— Tu nous serais vraiment utile.

— Ça ne devrait pas être difficile de trouver une autre personne.

— Il n'y a personne d'autre.

— Ça m'est tout simplement impossible.

Je secouai la tête.

— Ce serait uniquement pour cette fois.

Il ouvrit les bras d'un geste implorant.

— S'il te plaît, Sabine. Nous avons besoin de toi.

Je secouai la tête.

— Je suis désolée.

J'attrapai ensuite mon sac, et je m'enfuis.

* * *

Ce soir-là, je bavardai plus d'une heure au téléphone avec Josh. Je lui parlai des études autonomes, et je partageai avec lui quelques potins sur les pom-pom girls que Penny-Love m'avait racontés. Mes mots ressemblaient à des ondulations sur un lac paisible, frôlant la surface sans plonger dans les profondeurs. Je ne parlai pas d'escrime, de fantômes ni du fait que lorsque Josh disait que je lui manquais, c'est Dominic qui me venait en tête.

— Tu me manques aussi, répondis-je avec l'intention que cela devînt la vérité.

En glissant vers le sommeil, cette nuit-là, je me sentais davantage aux commandes de ma vie.

Le lendemain après-midi, après m'être débattue avec les études à domicile, je composai le numéro d'Aileen une nouvelle fois — et elle répondit. Stupéfaite, je sus à peine quoi dire et je lui demandai si je pouvais la voir. Non seulement elle m'invitait chez elle, mais elle semblait impatiente de me voir.

Et, quand elle ouvrit la porte quelque temps plus tard, elle arborait un large sourire excité. Mais il s'avéra qu'elle était surtout emballée de voir ma voiture.

— Ne range pas tes clés, me dit-elle d'un ton pressé. Je priais le ciel pour avoir un moyen de sortir, et te voilà.

Elle referma la porte d'entrée derrière elle.

— Pour aller quelque part, je dois prendre le bus ou convaincre mes parents de m'y conduire. Mais comme mes parents travaillent, je suis piégée ici sans bagnole. Pourrais-tu m'emmener ?

— Bien sûr, dis-je en haussant les épaules. Où ?

— Vers une mission de délivrance, répondit-elle de façon théâtrale en bondissant sur le siège passager de ma voiture de ce mouvement nerveux de lapin qui la caractérisait. Une course vers la restauration rapide. J'ai une furieuse envie d'un double hamburger au fromage avec supplément de sauce et rondelles d'oignon.

Je ris. Aileen n'avait pas l'air d'une accro à la restauration rapide. Elle devait avoir un métabolisme élevé pour rester menue. Je n'avais mangé qu'une soupe, ce midi, et je me laisserais bien tenter par un lait frappé aux fraises et une frite. Tisser des liens d'amitié tout en mangeant serait une bonne façon de soutirer des renseignements à Aileen.

Pendant qu'elle commandait pour nous, j'allai m'asseoir sur une banquette et jetai un œil sur le magazine que j'avais apporté. J'avais adopté l'idée du jeu-questionnaire de Nona et j'avais emprunté la dernière parution du magazine *Tope-là !*, lequel avait un excellent questionnaire sur la connaissance de soi. Mon plan, c'était de le sortir quand nous serions jusqu'au coude dans la friture et les féculents, et d'ajouter quelques questions de mon cru au questionnaire.

Ensuite, si j'en avais l'occasion, je découvrirais à quel moment s'était produit l'accident de Kip. Avant ou après minuit ? L'écart de temps m'ennuyait, comme une démangeaison que je n'arrivais pas à atteindre. Sauf que je ne pouvais pas poser une question aussi délicate de but en blanc. Je commencerais donc par les plus faciles.

Aileen leva les yeux au ciel quand elle vit le magazine.

— Ça fait tellement collégienne. N'es-tu pas trop vieille pour ça ?

Je trempai une frite dans le ketchup et appuyai mon dos contre la banquette de plastique orange.

— C'est à ma sœur. Je m'ennuyais et j'ai commencé à remplir le questionnaire. Il t'arrive de répondre à des jeux-questionnaires ?

— Non.

Elle saisit son double hamburger au fromage à deux mains et elle en prit une bouchée.

— Hé, ça pourrait être amusant, insistai-je. Par exemple, comment répondrais-tu à cette question : si tu gagnais au loto, qu'achèterais-tu en premier ? A) Une voiture fabuleuse. B) De nouveaux vêtements. C) Des jeux électroniques. D) Rien. Tu déposerais ton gain à la banque.

Je croisai les doigts sous la table et espérai qu'elle jouerait le jeu.

Elle termina de mâcher et haussa les épaules.

— Facile.

— Une voiture ? supposai-je.

— Pas du tout. L'essence est trop chère et je ne peux pas payer les frais d'assurance avec mon salaire. Mais j'ai l'œil sur la dernière version de *Dragons diaboliques*, alors ma réponse serait C. J'adore les jeux.

— Vraiment ?

Je n'aurais jamais deviné cela et j'en pris bonne note dans ma tête. Puisque j'avais son attention, je passai à la question suivante.

— Quel genre de film préfères-tu ? A) Horreur. B) Aventure. C) Romantique. D) Oubliez les films, je préfère un bon livre.

Elle choisit B.

De plus, elle préférait passer ses vacances au bord de la mer plutôt que dans un parc à thème, recevoir des fleurs en cadeau au lieu de bijoux de luxe, et elle aimait les poissons tropicaux comme animal de compagnie. Je partageai avec elle quelques-unes de mes réponses également afin qu'elle ne se doute de rien, et nous bavardions encore après avoir terminé notre repas.

Aileen me confia qu'elle était une adepte des jeux de rôle et faisait partie d'un groupe en ligne de *Donjons et dragons*.

— Mais nous avons perdu notre maître de donjon, ajouta-t-elle avec un soupir. Il s'avère qu'il n'avait que neuf ans, et ses parents lui ont retiré son ordinateur pour le punir de ne pas avoir mangé ses brocolis. N'est-ce pas barbare ? À présent, il nous manque un joueur.

— Quel dommage ! Est-ce difficile de trouver un nouveau maître de donjon ?

— Ouais. Nous ne voulons pas le premier venu, nous voulons le meilleur. Nous prenons les règles au sérieux et ne permettons pas la triche. Nous avons besoin d'une personne honnête qui s'y connaît.

— De plus de neuf ans, dis-je en blaguant.

— Ça aiderait. Tu connais quelqu'un ?

Je méditai sur les réponses que j'avais griffonnées sur le questionnaire. J'avais assez d'information sur Aileen pour remplir le formulaire de Fusions d'âmes sœurs et trouver un garçon si parfait qu'elle ne pourrait faire autrement que de sortir avec lui. Mais quelque chose me chatouillait la mémoire. Restauration rapide et *Donjons et dragons* : pourquoi cette combinaison me semblait-elle si familière ?

Puis les pièces du puzzle s'assemblèrent. Je pouvais presque entendre Opal se moquer de moi et me dire que j'en avais mis, du temps, à trouver la bonne solution.

— Aileen, dis-je toute excitée. Je *connais* quelqu'un.

Son visage s'éclaira.

— Un bon joueur de *Donjons et dragons* ?

— Le meilleur ! Il conserve même un manuel dans sa voiture.

— Il conduit, alors ? demanda-t-elle avec un large sourire. Il doit donc être âgé de plus de neuf ans.

— Tout à fait.

Et je lui donnai le numéro d'Alphonso.

\* \* \*

En revenant en voiture de chez elle, j'étais très satisfaite d'avoir réuni Aileen avec Alphonso. Ils n'étaient pas du genre de ceux qu'on s'attendrait à voir ensemble ; elle était menue et plutôt du genre pom-pom girl pétillante, alors que tout en lui indiquait le fou de l'informatique. Jouer à *Donjons et dragons* ne constituait pas un rendez-vous romantique, mais c'était un début. Je savais au fond de mon âme qu'ils seraient bons l'un pour l'autre. Il la traiterait avec le respect qu'elle méritait, et elle était assez volubile pour eux deux. Une fois qu'ils auraient sympathisé en raison de leur goût commun pour la restauration rapide et *Donjons et dragons*, tout était possible. Et je comptais là-dessus.

Toutefois, je ne pouvais pas quitter Aileen sans lui poser une dernière question. Alors, quand nous arrivâmes à son domicile, je la regardai.

— Puis-je te demander une chose à propos de Kip ?

Je parlai avec circonspection.

— Bien sûr, me répondit-elle avec une confiance tranquille. Quoi ?

— J'étais à la bibliothèque, il y a quelques jours, à parcourir de vieux journaux pour une recherche, et je suis tombée sur un article à propos de l'accident.

Débouclant ma ceinture de sécurité, je me tournai vers elle.

— Seulement, le déroulement des événements ne concordait pas. Ils disaient qu'il avait eu son accident *après* une heure du matin.

— Impossible, dit Aileen en secouant sa tête aux cheveux sombres. Kip m'a raccompagnée vers onze heures.

— C'est ce que je pensais.

— Le journaliste s'est trompé, ou il s'agit d'une coquille.

— Ouais. Ça doit être ça, dis-je, soulagée qu'il s'agisse de quelque chose d'aussi anodin.

— Je suis arrivée chez moi avant même la fin du bal. Kip a démarré tellement vite…

Son regard glissa vers la vitre.

— J'ai été très mal en point pendant un temps, et je n'ai pas écouté ni regardé de bulletins de nouvelles.

— Mais, les policiers ont dû t'interroger ?

— Oh, ils sont venus, mais ce sont mes parents qui ont répondu pour moi. Soit je pleurais, soit je dormais et j'étais incohérente. Mes parents leur ont probablement dit que j'étais rentrée après le bal, parce que j'étais trop bouleversée pour parler à qui que ce soit, et je suis entrée par la porte arrière. C'est peut-être la raison pour laquelle l'heure n'est pas bonne.

— Mais, les policiers devraient connaître l'heure de l'accident, non ?

— On le penserait, dit-elle en haussant les épaules.

— Pourtant, le journal a rapporté que Kip avait eu son accident de voiture à une heure quinze. Est-il possible qu'il soit allé autre part après t'avoir raccompagnée ?

— Où ? Tous nos amis étaient encore au bal.

Elle semblait troublée et elle se pencha pour ouvrir son sac à main. Elle en sortit un porte-monnaie, qu'elle ouvrit d'un petit coup de pouce là où il y avait des photos.

Je baissai les yeux vers de petites photos du bal de fin d'études.

— Nous avons fait prendre ces photos… seulement quelques heures avant…

Sa voix se cassa.

— Tu vois comme nous étions heureux ? Souriants, comme si rien de mauvais ne pouvait nous tomber dessus.

Sa tristesse m'étreignit comme des doigts fantomatiques qui me serraient de plus en plus fort. Je pouvais à peine respirer, et je me battis pour garder mon calme en me concentrant sur la photo. L'heureux couple : Aileen, adorable dans sa robe bustier en mousseline de soie lavande, et Kip, qui baissait les yeux vers elle avec un grand sourire. Il portait un jean avec un veston chic et paraissait vraiment séduisant, avec ses fossettes, ses yeux enfoncés et ses cheveux foncés ondulés. J'avais entendu dire qu'il avait brisé bien des cœurs quand c'était devenu sérieux avec Aileen. Mais certaines filles ne considèrent pas que les gars qui vivent une relation sérieuse sont chasse gardée. Il y avait même des groupies de football qui jouaient à séduire les joueurs.

Après le refus d'Aileen, Kip avait-il reçu un « oui » d'une autre personne ?

Il y avait d'autres photos de la soirée du bal, dont plusieurs couples que je ne connaissais pas et un cliché de groupe de joueurs de football avec leur compagne. Je haletai légèrement quand j'aperçus Tony et Brianne, bien que ça n'eût pas dû me surprendre. Je l'avais aidée à choisir la robe vermeille et à expérimenter plusieurs coiffures, avant qu'elle se décide à relever ses cheveux sur sa tête en laissant des frisettes balayer ses joues. Si les choses s'étaient déroulées autrement, Brianne et moi aurions passé du temps ensemble après le bal à nous gausser de « qui avait fait quoi avec qui ». Mais cette nuit avait tout changé.

Les photos devinrent floues et je fus écrasée par le vertige. Je tendis la main pour m'accrocher à quelque chose, mais elles n'attrapèrent que le vide. Je fus tirée brusquement en arrière, tombant en bas de mon propre corps, m'enfonçant dans le néant obscur.

Quand je pus voir clairement, je n'étais plus dans ma voiture – j'étais plutôt avec Kip le soir du bal de fin d'études.

Il était en chair, et c'était moi le fantôme. Nous roulions ensemble sur une route sombre, dans la nuit noire comme de l'encre, éclairée seulement par le tourbillon des lampadaires que nous dépassions. La route filait à toute allure alors que Kip augmentait sa vitesse.

Il vibrait d'une colère furieuse, conduisant avec une telle fureur que je soupçonnais qu'il était pourchassé ou qu'il poursuivait lui-même quelqu'un. Sur le volant, ses jointures étaient pâles comme la mort, et une lueur sinistre émanant de son tableau de bord reflétait la folle résolution dans ses yeux.

Ma vision se modifia et je me concentrai sur les chiffres lumineux sur le tableau de bord. Une heure neuf. Donc, le journal avait raison. Mais que s'était-il passé dans l'intervalle ? Le siège passager était vide, à l'exception d'un ruban rouge soyeux et de pétales de rose écrasés, éparpillés comme des gouttes de sang pourpre.

Du ruban et des pétales provenant d'un bouquet de corsage.

Je revins subitement à la réalité ; de retour dans ma propre voiture avec Aileen.

La mâchoire décrochée, je fixai Aileen, puis baissai les yeux vers les photos qu'elle tenait toujours entre ses doigts fins. Elle avait porté une robe de soirée lavande et un bouquet de corsage violet. Pas rouge avec un ruban de soie et des roses, mais lavande.

Une seule fille dans la photo de groupe portait du rouge. Mon cœur se serra et il m'était difficile de ne pas étouffer. Elle se tenait de l'autre côté de Kip, son regard admiratif posé non pas sur son compagnon de la soirée, mais levé vers Kip, à qui elle souriait avec adoration. Un adorable bouquet de corsage fait de roses aussi vives que des flammes pourpres était épinglé à sa robe flottante.

Brianne.

# 25

Téléphoner à Brianne me demandait plus de courage que je n'en possédais. Je le fis quand même. Seulement, sa mère, qui avait l'habitude de dire qu'elle m'aimait comme sa seconde fille, mentit et me dit que Brianne n'était pas là. Elle eut la décence de dire qu'elle était désolée, ce qui était justifié. En fond, j'entendis faiblement la voix de Brianne.

Elle ne voulait pas me parler, et à présent j'en connaissais la raison. Pas parce que nous n'étions plus amies, mais parce que nous avions été très proches ; des sœurs-amies qui avaient construit des royaumes imaginaires et partagé des secrets lorsqu'elles passaient la nuit l'une chez l'autre. Elle était au courant, pour mes fantômes, et ils lui faisaient peur – elle avait peur qu'ils me racontent. Elle avait peur que je voie la vérité ; le secret qu'elle avait tant essayé de cacher.

Je savais qu'elle était allée au bal de fin d'études, quoique je ne l'aie jamais associée à Kip. Si je n'avais pas été si blessée par la perte de son amitié, j'aurais pu avoir les idées plus claires et comprendre qu'il faudrait quelque chose d'énorme pour qu'elle se tourne contre moi.

Comme la mort.

Si Brianne ne voyait pas de fantômes, elle savait que, moi, j'en voyais. Je l'avais étonnée plusieurs fois en sachant des choses sans qu'on me les ait dites. Si elle n'avait pas la conscience tranquille, je serais la dernière personne qu'elle voudrait approcher. Était-ce pour cette raison qu'elle avait signé la pétition ? Pour me jeter de force hors de sa vie et protéger son secret ?

Pendant que j'étais étendue dans mon lit, ce soir-là — j'avais rejeté les couvertures et j'étais incapable de dormir —, je pris de petits faits et les assemblai comme les morceaux d'une courtepointe. Brianne avait accompagné Tony au bal de fin d'études, mais elle n'avait pas d'intentions sérieuses à son égard. En fait, elle avait laissé entendre qu'elle était intéressée par un autre sportif. Était-ce Kip ? Elle adorait les défis, et quel plus beau défi que de poursuivre de ses assiduités un gars séduisant qui avait déjà une petite amie ?

Aileen et Kip avaient quitté la danse tôt, mais, si le récit du journal était vrai, il y avait un trou inexpliqué de plus de deux heures. L'image des pétales de rose et du ruban rouge soyeux surgit dans mon esprit. Déchiré, écrasé, sans vie.

Comment des pétales provenant du bouquet de corsage de Brianne s'étaient-ils retrouvés dans la voiture de Kip ? Que s'était-il passé entre le moment où Kip avait raccompagné Aileen et celui où s'était produit l'accident ?

Brianne le saurait. Je m'endormis le cœur lourd, appréhendant ce que j'allais devoir faire.

\* \* \*

Le lendemain matin, une voiture inconnue remonta l'allée jusqu'à la maison, et un type vêtu d'un uniforme en sortit, portant un paquet carré emballé de papier argenté.

— Livraison pour mademoiselle Sabine Rose, dit-il en souriant joyeusement quand j'ouvris la porte.

— C'est moi, Sabine, dis-je, étonnée.

— Signez ici, s'il vous plaît.

Curieuse, je signai ; je plongeai ensuite dans ma poche et lui donnai un pourboire. Le cadeau recouvert de papier métallique était doux au toucher, et je le tins avec précaution entre mes mains.

« De qui cela peut-il bien venir ? » me demandai-je en le déposant sur le divan du salon. Ce n'est pas mon anniversaire, et c'est trop tôt pour Noël. L'emballage était de qualité professionnelle, avec une boucle dorée scintillante, et un mélange de bolduc argenté et doré tout frisotté.

Je dénouai le bolduc et coupai le ruban adhésif avec mon ongle de pouce, puis déchirai l'emballage. À l'intérieur de la boîte, je découvris une veilleuse en céramique représentant un gros chien brun. Seuls mes amis intimes savaient, pour ma collection de veilleuses. Intriguée, je fouillai dans la boîte jusqu'à ce que je tombe sur une petite carte argentée qui disait :

*Sabine,*

*J'espère que tu aimes cette veilleuse. Est-ce qu'elle te rappelle Cheval ? Pense à moi quand tu l'utilises. J'aimerais pouvoir te rendre visite ce week-end, mais Arturo a besoin de moi. Tu me manques.*

*Avec mon amour, Josh*

« Arturo a besoin de moi ! » pensai-je, tentée de lancer la boîte à travers la pièce.

Je ne fus pas dupe un seul instant. Ceci n'était pas un cadeau ; c'était un pot-de-vin. La manière de Josh de me dire : « Voici une petite babiole afin que tu ne sois pas fâchée contre moi de te laisser en plan encore une fois. » Quel genre d'idiote Josh croyait-il que j'étais ? Si je lui manquais vraiment, il viendrait.

— Qu'il aille au diable ! fulminai-je en refermant le couvercle de la boîte et en l'envoyant valser.

Un autre week-end romantique de fichu. Nous n'aurions pas l'occasion de nous rapprocher et d'agir comme le couple heureux que nous étions censés être. Il m'aimait ! Je lui manquais ! Eh bien, sa façon de le montrer était exécrable. J'avais mis tellement d'efforts à essayer de comprendre mes sentiments pour lui, à bannir toutes pensées de Dominic et à créer la relation parfaite avec Josh, mais je ne pouvais pas le faire seule.

Pourquoi les besoins d'Arturo étaient-ils plus importants que les miens ? On penserait que l'étonnant Arturo avait de réels pouvoirs magiques, au lieu de pratiquer des trucs de scène. Il avait transformé mon petit ami fiable en imbécile irresponsable.

Je fus tentée de téléphoner à Josh pour lui dire précisément ce que je pensais de son précieux Arturo. Mais, si je me plaignais, j'aurais seulement l'air d'une pitoyable geignarde. Et je ne voulais pas être l'une de ces filles dépendantes qui s'accrochaient à leur petit ami comme à un nœud coulant.

« Je n'ai besoin d'aucun mec pour exister », me dis-je en ramassant le présent et en l'emportant dans ma chambre. J'ai plein d'amis, et même un travail avec un patron qui me respecte. »

Sous le coup de l'impulsion, je pris le téléphone et appelai monsieur Landreth. Il hurla littéralement de joie quand je l'informai que j'avais changé d'avis, que je serais heureuse, finalement, de remplacer Annika.

— Prends ça, Josh, dis-je en poignardant l'air avec le téléphone, comme si c'était une épée et que je venais juste d'embrocher mon si peu dévoué petit ami.

Puis je déchirai sa carte en confettis.

* * *

Josh n'appela pas. Et je refusai de m'en soucier.

Je fis surchauffer le téléphone à force de parler à Penny-Love, à Manny, à Thorn et à Vin. Mon oreille résonnait encore en raison de l'excitation de Vin quand je lui avais annoncé que je revenais temporairement avec les Fleurets. Il était certain que je voudrais rester de façon permanente et suggéra que je remplace Annika.

— Je suis désolé pour sa tante, mais la vérité, c'est qu'elle n'a pas la moitié de ton talent. Elle est entrée dans le groupe juste parce qu'elle sortait avec Derrick.

— Annika et Derrick ? Je ne savais pas qu'ils étaient ensemble.

— Ils ne le sont plus, m'expliqua Vin. Ça n'a duré que quelques semaines, et à présent ils sont amis, sans plus. Annika est revenue avec un gars de son ancienne école, et Derrick est en chasse. Tu sais comment tournent les relations, dans les Fleurets.

Il continua en parlant de sa propre vie amoureuse tristement vide, puis, sans transition, il poursuivit en me donnant des nouvelles de gens que je connaissais du temps où je fréquentais Arcadia High. J'éprouvais du plaisir à l'écouter, et je m'installai confortablement contre un gros coussin, sur mon lit, en laissant mon regard glisser sur les trophées d'escrimes de ma commode.

Le lendemain, je m'éveillai avec de sérieux doutes.

Me produire à nouveau avec les Fleurets ? À quoi avais-je pensé ?

Appelez cela le trac ou le retour à la réalité, mais je ressentis une vague de panique et souhaitai ne jamais avoir accepté de remplacer Annika. Je ne m'étais même pas exercée avec eux. Mes techniques étaient un peu rouillées, et je n'étais même pas certaine que mon uniforme serait encore à ma taille. Il sentait probablement la moisissure, enfermé qu'il était depuis six mois dans le tiroir du bas. Je devais appeler monsieur Landreth immédiatement et lui dire que je ne pouvais pas faire la démonstration.

Peut-être que je l'aurais fait.

Je ne le saurai jamais, cependant, car après que j'eus enfilé des vêtements et que je me fus coiffée, il y eut du remue-ménage en bas, des coups à la porte et puis le bruit de pas lourds.

J'entendis ensuite quelqu'un m'appeler, alors je sortis dans le couloir et vis...

— Oh, mon Dieu ! criai-je d'une voix aiguë, n'en croyant pas tout à fait mes yeux. Thorn ! Manny !

Mon amie gothique arqua le clou en argent dans son sourcil et passa ses doigts aux ongles vernis de noir perle dans sa perruque noir et violet. À côté d'elle, les dreadlocks noires de Manny étaient emperlées comme des serpents à sonnettes et s'agitaient autour de son visage noir tout souriant. Il m'enveloppa dans une étreinte chaleureuse.

— T'as l'air bien, Sabine. Surprise de nous voir ?

— Excitée. Que faites-vous ici ?

— Je me le demande aussi, dit Thorn d'un ton sec.

Je voyais qu'elle était contente de me voir, mais elle préférerait mourir plutôt que d'afficher ses sentiments. Elle portait une jupe plissée noire dont l'ourlet inégal traînait derrière elle sur le tapis, de la dentelle noire par-dessus un t-shirt rose vif et des chaînes en métal.

— Alors, qu'y a-t-il pour le petit-déjeuner ? me demanda Manny en jetant un coup d'œil vers la cuisine. Nous sommes partis à une heure indue pour venir ici et nous n'avons pas mangé. Que penses-tu d'œufs bénédictine et de gaufres à la chantilly ? — J'aimerais bien !

Je ris, me sentant ridiculement heureuse. Les avoir ici, c'était comme avoir un morceau de mon autre vie, et j'avais encore plus envie de retourner vivre à Sheridan Valley.

En mangeant de simples rôties et des céréales, j'appris que c'était l'idée de Thorn de venir en voiture jusqu'ici pour la kermesse Renaissance.

— Pas pour me voir ? m'enquis-je pour la taquiner.

— Ça aussi, répondit-elle en haussant les épaules. Je vais souvent à ces kermesses avec mes amis pour jeter un œil sur les reproductions d'épées et de chaînes.

— Les armes ne m'intéressent pas, mais j'aime entendre parler la langue de cette époque et voir les costumes, particulièrement les nanas en corsages lacés serré, ajouta Manny avec un sourire espiègle.

Thorn le frappa sur le bras, mais il ne le remarqua pas.

Leur présence à mes côtés soulageait ma nervosité et augmentait ma confiance en moi. Quand je leur appris que j'allais me produire avec les Fleurets, ils furent impressionnés et me promirent d'applaudir plus fort que tous les autres spectateurs.

Nous grimpâmes dans la jeep jaune de Thorn. J'avais revêtu un jean et un pull molletonné, et je portais un sac contenant mon équipement ; je prévoyais mettre mon costume des Fleurets plus tard. Après nous être garés à environ deux kilomètres du site, nous avons marché le long d'un étroit sentier jusqu'à la kermesse et traversé l'entrée, où des drapeaux festifs et des bannières claquaient dans la brise vivifiante. Plus loin, j'aperçus brièvement une veste d'escrime argentée avec le sigle des Fleurets. Pendant un instant, je crus qu'il s'agissait de Brianne et que ce serait l'occasion de lui parler. Mais la fille était plus grande — elle avait des cheveux tirant sur le roux —, et je reconnus Jennae.

— Monsieur L. m'avait dit que tu ne voulais pas venir aujourd'hui, déclara-t-elle en m'observant avec une étrange expression.

— C'est vrai, admis-je. Je suis partie depuis si longtemps que je ne voulais pas mettre le groupe dans l'embarras.

— Impossible, tu es une trop bonne escrimeuse.

La manière dont elle prononça les mots « trop bonne » ne donnait pas l'impression d'être un compliment, mais davantage une plainte.

— Eh bien… merci. J'adore l'escrime.

— Tellement que tu ferais n'importe quoi pour revenir dans le groupe ? m'accusa-t-elle. Même si cela voulait dire chasser quelqu'un d'autre de l'équipe ?

L'hostilité dans sa voix m'insulta.

— Où veux-tu en venir ?

— Vin faisait le tour en affirmant que tu prendrais la place d'Annika.

— Il a fait *quoi* ?

— Bien sûr, elle n'est pas encore si bonne que cela, mais elle essaie vraiment. Elle a failli ne pas aller aux funérailles de sa tante parce qu'elle avait peur de perdre sa place au sein du groupe.

C'était donc la raison pour laquelle Jennae avait agi de manière si étrange avec moi — elle protégeait son amie. Je lui assurai que je ne prendrais jamais la place d'Annika. Cela entraîna un énorme changement dans son attitude envers moi, et elle se fendit d'un large sourire puis m'enveloppa de ses bras dans une chaleureuse étreinte.

— Je savais que tu ne ferais jamais quelque chose d'aussi méchant ! s'exclama-t-elle ; puis elle se hâta de partir rejoindre des amis.

Mes amis m'attendaient aussi, et je les rejoignis.

Manny repéra un stand de baisers avec des jeunes filles à la poitrine généreuse vêtues de robes décolletées, et il nous quitta. Thorn poussa un grognement, alors que je me contentai de rire.

La kermesse Renaissance se déroulait en partie à l'extérieur dans un parc gazonné à l'ombre de chênes et de pins, et comprenait aussi des marchands claironnant les mérites de leurs marchandises dans un grand bâtiment. Manny affichait un sourire taché de rouge à lèvres pendant que Thorn nous traînait à travers les allées. La mélodie principale du film *Titanic*, jouée par une flûte aux accents enjoués, nous accompagnait pendant que nous visitions chaque allée de stands. Il y avait des marchands qui vendaient des pierres et des bijoux, des livres celtiques et écossais, des ensembles à thé en porcelaine, des recettes galloises, l'Armorial (l'histoire des blasons de famille), des baguettes décoratives, des tatouages réalisés au pistolet vaporisateur et des couronnes de rubans que plusieurs filles portaient comme des auréoles par-dessus leurs cheveux flottants. Je m'arrêtai pour admirer les couronnes pour cheveux, pensant que ce pourrait être un cadeau mignon pour mes sœurs, mais Thorn m'entraîna de force vers un étalage d'armes.

— Méchantes épées ! s'exclama Manny en tendant la main pour toucher à une claymore écossaise avec garde à panier. Mais regardez le prix : 235 $ ! Pour cette somme, j'espère que c'est une vraie.

— Si c'était une vraie, tu devrais ajouter quelques zéros, rétorqua Thorn.

Au lieu de sortir du lot avec son apparence gothique théâtrale, Thorn était à sa place. Les chaînes, les vêtements noirs et les perruques étaient la norme à cette kermesse. Elle avançait lentement le long de l'allée, étudiant chacune des armes blanches avec une expression captivée.

Je ne connaissais pas grand-chose à propos des armes historiques, et je trouvais cela fascinant. Il y avait des épées de style victorien, une épée à panier datant de la Première Révolution anglaise, une épée avec un crâne souriant sur la poignée, une hache à quatre lames et une épée impressionnante appelée « Épée du Roi sorcier », qui coûtait 300 $.

Il y avait des épées à prix plus raisonnables et, après mûre réflexion, Thorn se décida pour un petit poignard incurvé avec un corps de dragon aux yeux brillants en verre rouge pour la modique somme de 40 $. Manny acheta une grosse pierre verte montée en collier sur un cordon. Et je retournai au stand pour acheter une couronne rose pour Ashley et une bleue pour Amy. Prise d'une impulsion, j'en achetai une lavande pour moi.

Bien que tout cela soit amusant, j'avais également des obligations. Nous fîmes donc un arrêt dans l'aire de tir à l'arc, où je laissai mon sac d'équipement et vérifiai l'horaire de la représentation des Fleurets. Pas avant quatorze heures. Cela laissait amplement le temps de voir la kermesse.

Nous avons regardé des ménestrels se produire, une démonstration de cracheur de feu, des jongleurs et un concours de tir à l'arc. Des tentes de toile blanche recouvraient les stands extérieurs, et des acteurs portant des vêtements d'époque se promenaient en discutant à voix forte en ancien anglais. C'était surréaliste et extrêmement amusant.

Pour notre repas du midi, nous mangeâmes des tourtières et des scones frais avec de la crème aux fraises et nous bûmes de la

« bière » (limonade) dans une tasse en étain. Manny goûta même au haggis, dont le nom semblait évoquer une chose pire que la réalité.

Une femme passa près de nous avec dans ses bras un minuscule caniche portant une corne de licorne en tissu enroulée autour de sa tête. Manny fit une blague en disant qu'il s'agissait d'une nouvelle race de chiens.

— Un li-chi.

— Un chi-li, suggéra Thorn.

— Que pensez-vous d'un caca-li ? ajoutai-je.

Manny plissa le nez.

— On dirait une chose sur laquelle on ne voudrait pas marcher.

Thorn grogna et leva au ciel ses yeux maquillés de khôl.

Un héraut arriva en soufflant dans un cor et annonça une joute. Nous tombâmes d'accord pour dire que ce semblait formidable ; nous nous rendîmes donc à l'arène et grimpâmes jusqu'en haut des gradins pour avoir une bonne vue du spectacle. Un gros homme avec un chapeau à plumes et plusieurs couches de vêtements d'époque monta sur un piédestal et cria à pleins poumons dans un microphone.

— Mesdames et messieurs, êtes-vous prêts pour la joute ?

Les gradins furent secoués par le martèlement des pieds et les cris d'acquiescement.

Des chevaux belges et des chevaux de trait drapés de couvertures au style recherché et portant des armures complètes galopèrent sur le terrain gazonné. Le jouteur favori semblait être un cavalier surnommé « Sire Guy le Brillant » et la foule éclata en applaudissements quand il salua.

L'annonceur expliqua le système de pointage : un point pour un toucher, trois points pour avoir brisé le bout de la lance et quatre points pour avoir fait éclater la lance.

— Les chevaux pèsent environ sept cents kilos, et portent environ cent trente kilos d'homme et d'armure. Au moment de l'impact, ils avancent à environ quarante kilomètres à l'heure, ajouta l'annonceur. Ces chevaliers mettent en jeu leur vie et leur santé pour votre divertissement.

La foule tapa des pieds, applaudit et cria : « Du sang ! »

Thorn joignit sa voix à ce chant assoiffé de sang pendant que Manny fixait une femme bien proportionnée qui vendait des rafraîchissements, vêtue d'un corsage si serré que si les lacets sautaient, quelqu'un pourrait bien être blessé.

Mon regard parcourut le public ; un tas de spectateurs chahuteurs en jean et t-shirt se mêlaient à d'autres en costume médiéval. Une petite fille avait enfilé des ailes de fée, une famille entière portait du velours royal et des couronnes, tandis qu'un bénévole costumé en dragon prenait la pose pour des photos.

Il y eut un cri, et je baissai les yeux vers les premiers gradins en bas. Un grand oiseau brun-roux fit battre ses ailes et se percha sur le bras d'un type avec une casquette brune d'époque, une culotte de cheval en cuir, des bottes cirées et une tunique en lin à manches larges. Le type se retourna, porta la main à sa casquette pour saluer et fixa son regard directement sur moi.

Je dissimulai mon halètement de surprise. C'était Dominic.

# 26

JE NE SAIS PAS EXACTEMENT CE QUE J'AI DIT, MAIS j'étais debout et me frayais un chemin à travers les gradins bondés. Un homme joufflu portant un chapeau grenouille vert et tenant une bière mousseuse à la main bloquait le chemin devant moi, et je dus enjamber la rangée suivante, traverser une autre allée, puis je me hâtai de descendre les marches. Derrière moi, j'entendis la voix de Manny, mais je n'en tins pas compte. Je m'expliquerais plus tard — après avoir rattrapé Dominic.

Que faisait-il ici, de toute façon ? Ses vêtements étaient ceux d'un paysan de la Renaissance et pour ce que j'en savais, c'était un habitué des kermesses Renaissance. Ou était-il ici pour me voir ? Cette pensée fit battre mon cœur, et je compris que j'étais heureuse de le voir. Plus qu'heureuse — je voulais être avec lui. Comment était-ce possible ? Étais-je sous le coup d'une déception sentimentale ? Peut-être était-ce parce que Josh m'avait posé un lapin deux fois et que le seul contact que nous avions eu récemment s'était fait par téléphone ou par courriel. Je commençais à oublier comment c'était, d'être ensemble.

Mais c'était plus que cela. Ça ne me dérangeait pas vraiment que Josh ne soit pas ici ; pas de la façon dont je me surprenais à avoir de l'intérêt pour Dominic, voulant savoir s'il éprouvait quelque sentiment pour moi. Peut-être était-il temps de le découvrir…

L'annonceur criait quelque chose à propos du fait d'encourager les jouteurs et, tout à coup, tout le monde dans les gradins était debout et claironnait : « Fais-le tomber ! Fais-le tomber ! » Je fus avalée par une mer de cris et de corps, et quand tout le monde s'assit enfin, Dominic n'était nulle part en vue.

Frustrée, mais pas découragée, je quittai l'arène et continuai ma recherche. Il aurait été plus intelligent de retourner auprès de Thorn, qui avait un don pour trouver des choses (et à l'occasion des gens), pour lui demander de l'aide. Cependant, cette solution ne me vint pas à l'esprit avant que je sois loin de l'arène et près d'un village recréé avec des tentes en toile. Un village sinistre et silencieux, délaissé par les gens, puisque tout le monde continuait à acclamer les jouteurs. Je marchai vers l'aire isolée de jeux et de sports, qui était fermée par une clôture de piquets de bois, avec des tas de meules de foin disposées à l'intérieur et un étalage d'armement historique : des flèches, des épées, des couteaux et des gourdins. Tout près, une tente pour changer de vêtements et ranger de l'équipement se gonflait sous l'effet de la brise qui se glissait sous le rabat partiellement ouvert. À l'intérieur, j'aperçus l'ombre d'un mouvement argenté.

Le rabat s'ouvrit, et Brianne en sortit.

Elle était vêtue de son uniforme des Fleurets et portait un sac de toile. Quand elle me remarqua, elle laissa tomber le sac et il tomba sans bruit sur l'herbe douce du sol.

— Que fais-tu ici ? me demanda-t-elle.

— Je cherchais un ami… mais c'est sur toi que je suis tombée, à la place.

Ses joues rougirent vivement et elle saisit le sens de mes paroles. Elle regarda autour d'elle comme un animal sauvage le fait quand il est piégé.

— J-j'ai des choses à faire, alors, si tu veux bien m'excuser, dit-elle.

— Non, dis-je avec fermeté. Je ne t'excuserai pas, parce que ce que tu as fait était terrible, et ne t'avise pas de partir.

— Tu ne peux pas me forcer à te parler, dit-elle sèchement.

— Tu préférerais que je m'adresse aux policiers ?

Sa peau devint blanche, et une lueur de panique illumina ses yeux.

— Je ne sais pas du tout de quoi tu parles.

Sauf qu'elle le savait, et que je n'allais pas la laisser s'en tirer à si bon compte. Je ne comprenais pas bien pourquoi c'était si important pour moi de découvrir ce qui s'était passé le soir de la mort de Kip ; peut-être était-ce parce que Brianne en avait fait une histoire personnelle. Notre amitié aussi était morte, ce soir-là.

— Je ne crois pas que tu veuilles que qui que ce soit ait vent de ceci, lui dis-je d'une voix basse et déterminée. Allons à l'intérieur de la tente.

Elle ouvrit la bouche pour protester, puis elle me regarda attentivement. Ses épaules tombèrent et elle acquiesça, puis me suivit. Je repoussai les rabats de la tente et m'assis sur une chaise en plastique à côté de Brianne. Se retrouver ensemble de cette façon dans un endroit privé me rappela toutes ces nuits que nous avions passées l'une chez l'autre et les merveilleux secrets que nous avions partagés, perchées dans ma cabane. Ceci serait le dernier secret que je demanderais à Brianne de partager avec moi.

— Tu étais avec Kip la nuit où il est mort, l'accusai-je d'un ton plat dénué de questions.

— As-tu vu cela dans une vision ? questionnat-elle avec sarcasme. Ou était-ce ta guide spirituelle qui te l'a dit ? Comment va la vieille Opal, ces jours-ci ?

— Ça n'a pas d'importance. Je veux simplement savoir ce qui s'est passé précisément.

Et comment tu as pu abandonner notre amitié, ajoutai-je presque.

— Je ne te raconterai rien du tout.

— Tu préférerais que j'aille directement voir les policiers ? Ils seraient intéressés de savoir que tu as été témoin de la mort de Kip.

— Tu ne ferais pas ça !

— Je le ferai, à moins que tu parles.

Je croisai les bras.

— Maintenant.

— Parfait ! glapit-elle de mauvaise grâce. Mais tu ferais mieux de ne pas répéter cela. Promis ?

— Pourquoi devrais-je promettre ? Je sais déjà que Kip est retourné au bal de fin d'études pour toi.

— Il n'est pas revenu, il a appelé sur mon portable et je l'ai rencontré.

— Tu avais donc tout prévu depuis le début ? lui demandai-je, le cœur lourd.

Ses yeux lancèrent des éclairs.

— Bien sûr que non ! J'admets que je l'avais remarqué et que je lui avais peut-être fait un peu de charme, mais ce n'était que pour rire. C'était comme un jeu, lui passer en secret mon numéro de téléphone et lui murmurer que nous devrions nous retrouver plus tard. Je ne m'attendais pas à ce qu'il m'appelle vraiment. Enfin, il était tellement fou de sa petite amie bon chic bon genre.

— Elle s'appelle Aileen.

— Peu importe, dit Brianne en fronçant les sourcils. Elle aurait pu l'avoir pour elle, mais elle l'a fait marcher comme une allumeuse. Il était bouleversé quand il m'a téléphoné. Tout ce que nous devions faire, c'est bavarder.

Je ne croyais pas cela, mais je lui permis ce mensonge.

— Donc, tu as laissé en plan ton compagnon de la soirée et tu es partie avec Kip. Que s'est-il passé ensuite ?

— Rien.

— Alors, pourquoi n'as-tu pas dit aux policiers que tu étais avec lui ? Pourquoi garder cela secret ? À moins que sa mort ne soit pas accidentelle.

— Elle l'était ! Un horrible, affreux accident ! Si seulement il n'avait pas…

— N'avait pas quoi ?

Elle secoua la tête.

— S'il te plaît, ne me le demande pas. Je ne peux pas le dire, ni à toi ni à personne.

Il y avait une étrange note de frayeur dans sa voix et elle jetait des coups d'œil autour comme si elle s'attendait à voir surgir d'un coin sombre quelque chose de mauvais et de dangereux. Ce n'était pas la Brianne courageuse dont je me souvenais.

— Dis-le-moi, insistai-je en me penchant en avant et en saisissant son bras.

Elle tressaillit et sa manche se retroussa, révélant des marques sombres sur son bras. Des ecchymoses d'un violet foncé.

— Oh, mon Dieu, Brianne ! Qui t'a fait ça ?

— Il n'en avait pas l'intention.

Elle sauta sur ses pieds et me foudroya du regard.

— Tu ne peux en parler à personne. Je suis sérieuse, parce que, si tu le fais, il sera en colère et tu ne pourras rien faire contre.

L'air se retira d'un coup de mes poumons tandis que je la fixais.

— Tony ? Il t'a fait mal ?

— Ça ne fait pas vraiment mal, dit-elle en serrant ses bras minces sur sa poitrine. Simplement, il est comme ça, tu sais, un peu impétueux.

— Il te bat ?

— Il se met en colère et il s'oublie, mais il est toujours désolé.

— Et tu acceptes ça ?

Je n'arrivais tout simplement pas à y croire.

— Il m'aime tellement qu'il a peur de me perdre. C'est pour cela qu'il m'a pourchassée, ce soir-là. Il m'a suivie depuis le bal et m'a retrouvée avec Kip. Il a ouvert la porte d'un coup et m'a tirée hors de la voiture de Kip, et il a commencé à frapper...

Elle frissonna.

— Je me suis comme évanouie, je crois.

J'étais trop horrifiée pour parler. Tony battait Brianne ? Et elle le lui permettait ? C'était un mystère pour moi, et j'avais l'impression d'être tombée dans un autre univers. Brianne était celle qui était courageuse, le chevalier qui sauvait la princesse.

— Je n'ai pas perdu connaissance longtemps, et quand tout est devenu plus clair, j'étais dans la voiture de Tony, continua-t-elle d'une voix tremblante. Il allait si vite ; j'avais peur de ce qu'il ferait quand nous nous arrêterions. J'imagine que Kip s'inquiétait de cela aussi, parce qu'il nous poursuivait. Et il se rapprochait de plus en plus. Tony jurait, et j'avais peur qu'il ne me frappe à nouveau... puis j'ai entendu le bruit le plus atroce du monde.

Elle se couvrit les oreilles en frissonnant.

— Je l'entends encore dans mes rêves... un fracas si fort et puissant qu'il secoua tout. Et, quand j'ai regardé par la lunette arrière, il y avait des flammes et...

— Il est donc mort en essayant de te porter secours ? lui demandai-je dans un souffle, impressionnée.

Elle acquiesça, tremblante.

— Et, au lieu de le dire à quelqu'un, tu es restée avec Tony ?

— Je le devais ! cria-t-elle. Ne vois-tu pas ? Ils m'auraient accusée, comme ils l'ont fait avec toi. Je savais que tes prédictions étaient vraies. Peut-être est-ce pour cela que je voulais être avec Tony, pour défier la mort et prouver que je suis plus forte que toi. Mais tu avais raison... et il est mort. Ensuite, Tony m'a avertie de ne rien dire. Il a dit qu'ils nous arrêteraient tous les deux, qu'il serait renvoyé des équipes sportives et que tout le monde me détesterait.

— À la place, c'est moi qu'on a détestée, dis-je d'un air sévère.

— Je suis tellement désolée.

Elle tendit la main vers moi, mais je reculai.

— Sabine, je ne voulais pas signer cette pétition. Mais, quand j'ai refusé, il m'a frappée. J'étais tellement assommée que j'ai simplement fait ce qu'il voulait. J'aurais dû le quitter... pourtant, j'avais peur. C'était plus facile de rester, de faire ce qu'il voulait, et, quand il n'est pas en colère, il peut être vraiment gentil. Ce n'est pas si mal...

— PAS SI MAL !

C'était moi qui tremblais : pas de peur, mais d'indignation.

— C'est un monstre ! Et tu es une imbécile de le laisser te frapper. Si tu ne dis pas à quelqu'un ce qu'il fait, je vais m'en charger.

— Non, tu ne peux pas, me supplia-t-elle.

— Si je ne le fais pas, ça empirera. J'ai lu à propos de gars comme lui, et il ne changera pas. Il pourrait finir par te tuer.

— Mais, il m'aime, murmura-t-elle tristement. Je ne peux pas l'empêcher de parler, mais si notre amitié a déjà eu de l'importance pour toi, attends au moins que la démonstration soit terminée, avant de parler à quelqu'un. S'il te plaît, Sabine !

Quand je refusai de répondre, elle sembla s'effondrer. Avec un sanglot, elle sauta sur ses pieds et sortit, passant les rabats de la tente en courant.

Je restai assise là un moment avant de me lever aussi. Mais, alors que je sortais, je vis Tony venir dans ma direction.

— Où est Brianne ? me demanda-t-il de cette voix amicale de bon gars qui me donnait la chair de poule.

Je secouai la tête sans rencontrer son regard.

— Je ne sais pas.

— Mais, elle est censée être ici. Je lui ai dit de m'attendre ici.

— Eh bien, elle n'est pas ici.

— Alors, où est-elle ? T'a-t-elle dit quelque chose ?

— Brianne et moi ne nous parlons pas beaucoup, ces jours-ci, dis-je en haussant les épaules.

Mon cœur battait si fort que j'étais certaine qu'il pouvait l'entendre.

— C'est triste, pour toi et Brianne, dit-il en me lançant un regard de sympathie. Vous étiez vraiment très proches. Peut-être pourrais-je parler à Brianne et raccommoder les choses entre vous.

— Ne prends pas cette peine, dis-je d'un ton plus sec que j'en avais l'intention.

— Que veux-tu dire par là ?

Il m'observait, à présent, le soupçon s'infiltrant dans son aura.

— Es-tu sûre de ne pas l'avoir vue ?

— Non. Je ne l'ai pas vue.

— Elle ne t'a rien dit ?

— Rien. Je-je dois partir.

Je me propulsai loin de lui, et ma marche rapide se changea en course. J'avais à peine dépassé la rangée d'armes que je sentis une main ferme sur mon poignet, et je fus jetée à terre.

Tony, ne se cachant plus derrière un faux sourire, me lançait un regard furieux.

— Qu'est-ce que cette garce t'a dit ? me demanda-t-il.

— Rien.

— Tu mens.

— Rien que je te dirais.

Je commençai à me lever, mais il me repoussa à terre.

— Espèce de trou du cul ! Ne me touche plus jamais. Je ne me laisserai pas faire comme...

— Comme qui ?

Il se pencha plus près.

— Elle te l'a dit, n'est-ce pas ?

— Non !

Je regardai autour pour chercher du secours, mais je ne vis personne près de nous.

— Reste loin de Brianne, menaça-t-il. Elle ne fera que te raconter des mensonges, de toute façon.

— Des mensonges, comme le fait que son petit ami la bat ?

— Je le savais ! Que t'a-t-elle dit d'autre ?

— Rien !

Il me donna un coup de pied au flanc et je me pliai en deux sous l'effet de la douleur. Il resta debout à rire.

— Je ne garderai pas le silence comme elle !

Du sol, je le foudroyai du regard.

— Dis un mot à qui que ce soit et tu es morte, m'avertit-il. Tu veux un échantillon de ce qui t'attend ?

Puis avant d'avoir pu comprendre ce qu'il planifiait, il avait tendu la main vers l'une des claymores dans le râtelier. La pointe acérée et argentée brilla comme la mort lorsqu'il l'agita vers moi.

Je sautai sur mes pieds et reculai loin de lui.

— Tony, ne fais rien de stupide.

— Comme te laisser partir pour que tu ouvres ta grande gueule ? gronda-t-il. Les accidents sont fréquents. Comme ce jeune garçon qui a ramassé la mauvaise épée.

— L'as-tu échangée ? lui demandai-je en cherchant de l'aide du regard.

Nous nous trouvions toutefois dans un coin éloigné de la kermesse, et je pouvais encore entendre des applaudissements venant de l'arène de joutes.

— À ton avis ?

Il y avait une expression de démence sur son visage quand il leva l'épée.

— Prêt. En garde.

Il plongea en avant et je sautai de côté. Il essayait vraiment de me tuer ! C'était dingue !

Alors qu'il levait de nouveau son épée, je me jetai de côté pour attraper une arme sur le râtelier. J'agitai un coutelas devant lui.

— Ne t'approche pas, Tony ! lui criai-je.

Il rit de nouveau, puis d'un coup de son épée il fit tomber le coutelas de mes mains. J'attrapai un bouclier de bois juste au moment où son épée s'abattait à nouveau. Il y eut un bruit de choc quand le métal frappa le bois. Et Tony jura, sa colère grandissant furieusement.

Il était plus grand et plus fort que moi. Je pouvais le battre dans un match d'escrime en règle, mais il agitait une arme mortelle, et, tout ce que j'avais, c'était un morceau de bois. Si seulement je pouvais saisir l'une des rapières ou des haches, j'aurais alors une chance. Il bloquait cependant l'accès au râtelier d'armes.

La voix d'Opal résonna dans ma tête : *Ne permets pas à la peur d'embrouiller tes perceptions.*

— Aide-moi ! lui dis-je. Va chercher quelqu'un !

*Je suis incapable de communiquer avec les autres, tu le sais bien. Je te suggérerais de baisser la tête… tout de suite.*

J'esquivai le coup. Fschhh ! L'épée de Tony coupa l'air au-dessus de mon épaule. Je l'entendis jurer et je vis que son mouvement de balancier avait été tellement puissant qu'il avait perdu la maîtrise de son arme, et elle vola vers une meule de foin, retombant hors de son atteinte. J'étais une meilleure escrimeuse que lui. Si je pouvais avoir l'épée, il n'aurait aucune chance contre moi. Je pouvais le mettre en pièces jusqu'à ce qu'il ne puisse plus me pourchasser.

Mais, alors que j'avançais avec difficulté vers l'arme tombée, j'entendis la voix d'Opal crier dans ma tête : *Non ! Laisse retomber ta colère et écoute ton bon sens. Il ne sort jamais rien de bon de la violence. Laisse l'arme de guerre, et défends-toi.*

Aussi déroutantes qu'elles soient, j'avais dû m'habituer aux énigmes d'Opal. Parce que je savais exactement ce qu'elle voulait dire. Et, au cours de cette fraction de seconde décisive, au lieu de me diriger vers l'arme et de me battre jusqu'à ce que le sang coule, je levai mon bouclier de bois et le lançai de toutes mes forces sur Tony.

Je l'entendis hurler, mais je ne restai pas là.

Je partis en courant et ne m'arrêtai pas de crier jusqu'à ce que je trouve de l'aide.

# 27

LES POLICIERS ARRIVÈRENT ET EURENT DES TAS DE questions à poser, mais Brianne me dit d'aller à ma démonstration d'escrime avec les Fleurets, et offrit de leur parler en premier. Elle n'avait plus envie de lutter. Je crois qu'elle voulait seulement que tout soit fini.

Ce fut donc un groupe beaucoup plus réduit des Fleurets qui exécuta la démonstration. Malgré mes efforts incertains, ce fut un bon spectacle. Du moins, c'est ce que m'affirmèrent Manny et Thorn après coup, alors que nous attendions au poste de police. Ils étaient venus me soutenir, et j'en étais très reconnaissante. Je n'avais pas vu Dominic, et je commençais à penser que je l'avais imaginé — jusqu'à ce que je range mon équipement et que je trouve une note rangée dans mon sac.

*Sabine,*

*Désolé de ne pas avoir regardé ta démonstration d'escrime. Je sais que tu as été formidable — tu es très bonne dans tout ce que tu fais. J'ai de l'admiration pour cela et je pense beaucoup à toi.*

*Je pars à la recherche de la quatrième breloque. Ça pourrait prendre quelques jours ou une semaine…*

*Garde un œil sur Nona — elle ne va pas bien.*

Elle était simplement signée « D ».

Je fixai la note et je relus son « J'ai de l'admiration pour cela et je pense beaucoup à toi », me demandant ce qu'il voulait dire par là. M'aimait-il comme, moi, je croyais l'aimer ? S'il y avait vraiment quelque chose entre nous, je ne pouvais plus l'ignorer. Mais je devrais attendre le retour de Dominic pour découvrir ses sentiments.

Jusque-là, je mettrais mon cœur en veilleuse.

Ma vie amoureuse était peut-être un gâchis et la santé de Nona se détériorait, mais au moins j'avais fait ce que Kip souhaitait. Je n'étais toujours pas certaine de l'identité de la fille qu'il voulait que j'aide – Leanna, Aileen ou Brianne –, mais j'avais fait de mon mieux pour aider chacune d'elles.

Et peut-être était-ce le désir de Kip depuis le début.

* * *

J'aimerais pouvoir dire qu'avoir forcé Brianne à dire la vérité nous avait menées à renouer notre amitié intime. Sauf que ce ne fut pas le cas.

Après la compétition, nous fûmes emmenées précipitamment au poste de police, et elle ne voulut même pas me regarder. Peut-être pensait-elle que je l'avais trahie, et ça ne me posait pas de problèmes, sachant que ses blessures, internes et externes, prendraient un long moment à guérir.

J'étais encore un peu hébétée par les événements pour en prendre toute la mesure. J'étais aussi complètement épuisée de m'être battue contre Tony et d'avoir répondu à une pluie de questions. Parce que j'étais mineure, la présence d'un de mes parents était requise et je choisis papa. Après tout, il était avocat, et je pouvais compter sur lui pour ne pas surréagir comme maman.

Quand il arriva au poste de police, il montra sa sollicitude, mais il resta calme et il me traita en adulte, posant des questions jusqu'à ce qu'il soit certain de comprendre la situation. Les policiers ne furent plus aussi intéressés par ma personne quand ils découvrirent le rôle de Tony dans la mort de Kip et virent les blessures de Brianne.

Papa passa son bras autour de mes épaules et me guida vers sa voiture.

— Ça va ? me demanda papa gentiment en démarrant le moteur.

— Ouais. Merci d'être venu.

— Hé, tu es ma petite fille à moi. Je suis toujours là pour toi.

— Pas dernièrement, dis-je avant d'avoir pu m'en empêcher.

Je n'avais pas l'intention de déterrer des sentiments amers maintenant, pas juste après qu'il m'eut aidée.

Mais il ne s'en formalisa pas ; il s'étira pour me prendre la main.

— Je suis désolée, ma douce. Ce n'est pas toi. C'est moi.

— Et maman ? m'enquis-je.

Il jeta un œil au rétroviseur, puis me regarda.

— Oui. Nous avons quelques difficultés, mais nous les surmonterons. Pas d'inquiétudes, d'accord ?

Je lui souris et hochai la tête. Être avec mon père me faisait sentir de nouveau comme une petite fille — en sécurité et protégée. Mais je songeai ensuite au fait qu'il n'était pas souvent à la maison, et que maman et les filles avaient un horaire chargé. Les études autonomes étaient plus difficiles que je l'aurais cru, et solitaires. Je voulais rentrer chez moi… avec Nona.

Avant de perdre mon courage, j'expliquai à papa comment je me sentais et lui demandai si je pouvais retourner y vivre.

— Nona a besoin de moi… et j'ai besoin d'être avec elle.

— Je comprends, et je crois aussi que tu devrais redéménager, dit-il après un long moment.

Il ne me mit pas sur la sellette avec plein de questions, mais se contenta de me sourire avec tendresse et me dit qu'il en discuterait avec maman.

— Ce ne sera pas facile de la convaincre, ajouta-t-il. Je ne suis pas sa personne préférée, en ce moment.

— Tu es la mienne, dis-je en me tendant vers lui pour lui presser la main.

Il alluma ensuite la radio à sa station favorite, qui diffusait de vieux succès, et chantonna pendant que je fermais les yeux et laissais mes problèmes s'envoler.

Un signal sonore musical aigu retentit, et mes yeux s'ouvrirent d'un coup.

— C'est seulement mon téléphone, murmura papa, gardant son regard fixé sur la circulation pendant qu'il tendait la main vers son appareil.

— Oui ? Je ne peux pas parler en ce moment, l'entendis-je déclarer d'un ton sec qui m'étonna.

Il garda ensuite le silence, écoutant pendant un long moment.

— Non. Je ne peux pas… Tu ne comprends pas… Es-tu certaine ?

L'atmosphère changea dans la voiture. L'aura de papa jetait des étincelles avec une énergie farouche. Quelle qu'ait été la personne au téléphone, elle lui annonçait de mauvaises nouvelles. Je savais cela d'instinct. Je savais même qu'il s'agissait d'une femme : quelqu'un ayant à peu près son âge et qu'il connaissait bien, mais une inconnue pour moi.

— D'accord ! J'y serai, dit-il d'un ton sec.

Il replia ensuite son téléphone pour le fermer et jeta un coup d'œil vers moi. Je gardai mes yeux fermés, sentant que j'en apprendrais davantage si je faisais semblant de dormir.

Il donna un coup brusque sur le volant et vira de bord, les pneus crissant pendant qu'il changeait de direction. Je devins tendue, ne me sentant plus en sécurité ni protégée.

Où allions-nous ?

Je regardai du coin de l'œil, remarquant l'expression sérieuse de papa et la façon dont il me lançait sans cesse des regards nerveux. Sans contredit, quelque chose l'inquiétait — ce qui m'inquiétait.

Puis nous ralentîmes, secoués par la route inégale, et nous virâmes en direction d'un quartier où j'aperçus de grands arbres envahissants qui se refermaient au-dessus de la route étroite. La voiture s'arrêta.

Papa me jeta un regard, puis il expira comme s'il était soulagé que je dorme.

Il descendit de voiture et marcha vers une maison jaune à un étage en forme de L, avec des gouttières qui s'affaissaient, une pelouse sèche couverte de mauvaises herbes et un revêtement extérieur de bois décoloré.

La porte de la maison s'ouvrit à la volée, et une femme avec de longs cheveux secs d'un gris tirant sur le roux et des hanches larges enserrées dans une mini-jupe ajustée en cuir s'élança pour l'accueillir. Son visage marquait le soulagement épuisé, comme si sa maison brûlait et qu'un pompier venait tout juste d'arriver pour éteindre les flammes.

Elle le rencontra sur la pelouse, se pencha tout près et passa son bras avec familiarité autour de sa taille. Il ne la repoussa pas, la laissant s'appuyer sur lui comme s'il lui appartenait. Elle avait la mine sombre, mais la façon qu'elle le touchait me parut trop familière et quelque chose de laid et de jaloux gronda en moi.

Puis la porte s'ouvrit de nouveau et une fille se précipita hors de la maison, si vite que tout ce que je vis, ce fut de longs cheveux rouge feu. J'avais le sentiment qu'elle était plus âgée que moi de quelques années. Elle vola en bas des marches, repoussa la femme et jeta ses bras autour du cou de mon père.

— Je savais que tu viendrais ! cria la fille. J'ai vraiment besoin de toi, papa !

Mon univers ralentit et se figea.

Papa.

Elle avait appelé *mon* père « papa ».

Puis elle se tourna dans ma direction et je vis nettement son visage.

Mes mains volèrent jusqu'à ma bouche.

Oh, mon Dieu.

Ce ne pouvait pas être vrai. À part ses cheveux roux, elle me ressemblait comme deux gouttes d'eau.

*FIN*

# De la même série

### Tome 1

### Tome 2

### Tome 3

### Tome 4

### Tome 5